U0602695

◎ 相约名家 · "冰心奖"获奖作家作品精

YAOLUOHONGZAODE
SHAONV

摇落红枣的 少女

高国镜 著

高长梅　王培静/主编

九州出版社 | 全国百佳图书出版单位
JIUZHOUPRESS

图书在版编目（CIP）数据

摇落红枣的少女 / 高国镜著. –– 北京：九州出版社，2013.5
（2021.7 重印）
（相约名家·冰心奖获奖作家作品精选 / 高长梅，王培静主编）
ISBN 978-7-5108-2085-4

Ⅰ.①摇… Ⅱ.①高… Ⅲ.①小小说 – 小说集 – 中国
– 当代 Ⅳ.①I247.8

中国版本图书馆CIP数据核字（2013）第084511号

摇落红枣的少女

作　　者	高国镜　著	
出版发行	九州出版社	
地　　址	北京市西城区阜外大街甲35号（100037）	
发行电话	（010）68992190/3/5/6	
网　　址	www.jiuzhoupress.com	
电子信箱	jiuzhou@jiuzhoupress.com	
印　　刷	北京一鑫印务有限责任公司	
开　　本	710毫米×1000毫米　16开	
印　　张	10	
字　　数	144千字	
版　　次	2013年5月第1版	
印　　次	2021年7月第4次印刷	
书　　号	ISBN 978-7-5108-2085-4	
定　　价	36.00元	

★ 版权所有　　侵权必究 ★

出版说明

　　冰心是我国现代文学史上著名的作家，她的儿童文学作品和散文在中国文学史上占有重要位置。

　　这里所说的"冰心奖"包括"冰心儿童文学艺术奖"和"冰心散文奖"。

　　"冰心儿童文学艺术奖"创立于1990年。创立以来，它由最初的单一儿童图书奖，发展为包括图书、新作、艺术、作文四个奖项的综合性大奖，旨在鼓励儿童文学作品的创作出版，发现、培养新作者，支持和鼓励儿童艺术普及教育的发展。其中，"冰心儿童文学新作奖"与"宋庆龄儿童文学奖"、"陈伯吹儿童文学奖"、"全国儿童文学奖"并称国内四大儿童文学奖。

　　"冰心散文奖"是一项具有权威的全国性的散文大奖。冰心生前曾是中国散文学会名誉会长，"冰心散文奖"是遵照其生前遗愿而设立的，旨在彰显我国散文创作的成就，不断评选出题材广泛、思想敏锐、着力表现现实生活，创作形式风格多样的优秀散文。"冰心散文奖"是与"茅盾文学奖"、"鲁迅文学奖"并列的我国文学界散文类最高奖项，也是中国目前中国散文单项评奖的最高奖。

　　《相约名家·冰心奖获奖作家作品精选》共收录近年来荣获"冰心儿童文学艺术奖"和"冰心散文奖"的三十位作家的作品。这些作品无论是小说还是散文，或抒写人间大爱，或展现美丽风光，或揭示生活哲理，或写实社会万象，从不同角度给青少年读者以十分有益的启迪。

　　随着中小学课程改革的深入与发展，让中小学生多读书、读好书早已成为共识。我社推出本套大型丛书，希冀为提升中国的基础教育、为青少年的健康成长尽一份力。

九州出版社

目 录
C O N T E N T S

第一辑
老人与狗

"西红柿"与红军河·003

我的姥爷们·004

老父亲的故事·007

常鲜起名·009

二手小传·011

老人与狗·013

第二辑
爬满松鼠的核桃树

结账·017

爬满松鼠的核桃树·018

刘村长·022

诗人文阿上·023

白虎石·025

刺玫瑰·026

搭桥不用茶叶·028

野鸭风波·029

目 录
C O N T E N T S

第三辑
品花望月的山羊

价值·033

品花望月的山羊·034

快乐的金鱼·037

猪八戒戏写明信片·039

关于"节节节……"的请柬·040

纸钱·043

作家送书·045

桑塔纳·046

第四辑
柿子又红了

遗憾·051

开会·052

死鼠轶事·053

夕阳下的牧羊老汉·055

一个获奖少女的信·057

柿子又红了·059

雨后青山·060

目 录

CONTENTS

第五辑
那长长的发辫

农家日历·065

新衣·066

那长长的发辫·068

卖书姑娘·069

不该撕掉的信·071

鸟魂·072

春光书店·074

第六辑
推迟的约会

摇落红枣的少女·079

粉红色连衣裙·080

月夜，有颗闪亮的星·082

晚霞·083

找·085

推迟的约会·086

写在桦树皮上的小说·087

伞伞伞（同题小说三篇）·090

目　录
C O N T E N T S

第七辑
作家与编号的鸡蛋

气筒子·097

答"假"·098

告别午宴·100

作家与编号的鸡蛋·102

我和那个售票姑娘·104

牛疯子·106

诗飘然·107

"红灯"·111

路的故事·113

第八辑
老卫走了，留下门

碑·117

大小伙子·119

山哥·121

带有仙鹤图案的手绢·122

老卫走了，留下门·123

目 录
C O N T E N T S

黄鹦鹉，绿鹦鹉·125

卖草莓的姑娘·129

人和鸡的故事·130

第九辑
玳瑁镜架

大姑爷拜年·135

奇石收藏·137

杀棋·138

长寿菜·139

玳瑁镜架·141

元气袋·144

红叶不是来找棺材·145

门帘·147

第一辑
老人与狗
YAOLUOHONGZAODE
SHAONV

"西红柿"与红军河

"西红柿"后来说，他当红军是因为他太爱红军了。

再后来"西红柿"又说，说得还是那句话。

"西红柿"不是西红柿，"西红柿"是一个人；或者说，"西红柿"是一个红军，起码曾经当过红军。也可以说，没有红军就没有"西红柿"。

"西红柿"小的时候没有名字。那年红军从他们山寨路过，有个红军指导员给了他一个西红柿。那西红柿红红的，圆溜溜的，看了让人眼馋，可他舍不得吃；他还是第一次看见西红柿啊，太稀罕了。于是他就拿着那个西红柿，去找给他西红柿的那个红军指导员。

那个红军指导员正牵着马，向水的下游走去。他也随着那人和马走到了泉水的下游。他见那个红军指导员趴到泉边，就那么喝了一顿水；然后那匹马也低下头去，吱吱地喝水。他看了许久，才怯生生地上前问，你和马为啥要喝下游的水，这不是绕远吗，上游的水更干净。红军指导员说，老乡喝上游的水，我们和马，就应该喝下游的水。我们不能污染老百姓的水源哪。听了这话，他简直要笑了，心想，红军咋这么好心眼啊。他又看到那匹马要往水里撒尿，红军指导员急忙把马赶开了，说，这个破马，别弄脏了老乡的水。

他看到这里，听到这里，都愣住了，直在心里说，天底下哪有红军这么好的人呀。于是他就和红军指导员说，他也想去当红军。红军指导员问他凭啥要当红军。他说就凭你拉着马到下游找水喝，就凭你不让马往水里撒尿，不埋汰我们的水……他又托着手里的西红柿，说，就凭这个西红柿——你们舍不得吃这个西红柿，可你们把它给了我……他的眼圈红了，话有点结巴，有点激动。那个红军指导员也有点激动，又问他，难道就凭这两条，你就要当红军吗？他又说，他爱红军，他见了红军就想跟红军走，听说红军是为穷人打天下的，打土豪劣绅的；他说他恨死土豪劣绅了，所以他就想去当红军。

红军指导员就拉住了他的手，拍拍他的肩膀说，我会争取让你当红军的。你说你叫什么名字吧。他一时哑口无言，一紧张，他看到手中的西红柿，不禁脱口说，我叫西红柿……

红军指导员哈哈大笑了。他却脸红了。

后来他就当红军去了。临走，他也没舍得吃那个西红柿。他把那个西红柿放到娘的线笸箩里，留着给娘吃。

他当兵走后，人们都知道红军的马不喝上游的水，红军还不让马往水里撒尿的故事了……寨子里的人挺感动，就在红军饮马的地方、在那块卧牛石上刻了仨字——红军河。

红军走了以后，在河的上游打了一仗。红军的鲜血流到河里，把河都染红了；红军的鲜血，把那红军河也染红了——有人说，那河里还漂着一个西红柿……

我的姥爷们

【亲姥爷】

我记事儿的时候，我亲姥爷就已经化成了一棵高大的榆树。

那个时候，我姥爷三十多岁。姥爷家所住的小山村叫大东宫。大东宫的山坡上有新石器时代的遗存，山民们在那里捡到过石斧石凿之类的工具。可见那山村的历史已超过了万年。但我姥爷他们落户到那个山村，却是清朝中期的事儿了。姥爷家的房子是清朝留下来的，青砖黛瓦花门楼，小院儿不大却也算三合院。当年我姥爷是靠养羊在那里发了财的。姥爷雇了几名羊倌，为他家放羊。姥爷的家常便饭就是炒羊肉、小米饭，还要吱哑喝上两杯烧酒。小日子过得挺滋润。若无羊肉吃了，就去买鸡蛋，吃炒鸡蛋下酒。那次人家把十几个鸡蛋都打到碗里了，要自己摊着吃，却让我姥爷强行买了过来，端回家让我姥姥给他炒了吃。姥爷好吃爱喝。

后来，日本鬼子钻到大东宫，一把火将山村大多的房子烧毁了；烧了房子后，又把我姥爷家的几群羊赶走了。姥爷眼看着他家白花花的羊群被披着黄皮的鬼子赶出了山。鬼子叽里呱啦地叫着。羊咩咩地叫着。我姥爷没敢叫。他搬着一块大石头，想偷偷尾随上去，把鬼子砸死，再把羊赶回来。可姥爷真的没有敢冒险。姥爷生了一股闷气，不久便离开了人间。

我没见过我姥爷，但我经常见到我姥爷家坟上的那棵大榆树。这老榆树如今算得上古树了。听说我姥爷的棺材被榆树根绕了三圈儿——有人说那叫玉带。但我的两个舅舅并没成大官，只是在京城有一份差事干。他们忙，我便年年清明去给我姥爷上坟挂纸。后来，我又到另一个坟上给我的另一个姥爷上坟。

【后姥爷】

这个人就是我的后姥爷。1944年的那个秋天，一位身材高大的民兵队长，轰的一下，将在操场里训练的几十个鬼子兵，炸得人仰马翻。这地雷是我姥爷头天晚上埋下的。不多日，又轰的一下，我姥爷又炸毁了日本鬼子的一个岗楼。为这，他成了方圆百里闻名的民兵英雄，又叫爆破英雄。这个愣大胆的抗日英雄后来成了我的姥爷——也就是我的后姥爷。后姥爷八岁便学木匠，干得一手好木匠活。鬼子进山后，他就抢着大锛子，打鬼子去了。我的寡妇姥姥为了几个孩子能生存下去，就改嫁了这个男子气很重的将近四十岁的光棍。小日本回到东洋去了。我姥爷还是当木匠，莫说十里八村，再往山外走几百里，也有不少的房子是我姥爷盖的，房子里的家具是他打的。我十岁的时候，城里来了两位说是文化馆的人，又说是记者。他们采访了我姥爷，还要拿走我姥爷获得的抗日爆破英雄的奖旗。那天我和姥爷站在一起，各抻着奖旗的一角儿，以青山为背景，记者给我们照了两张相。可这相片我们至今也没见到。倒是在1981年8月18日的《北京日报》上，我见到了我姥爷那面奖旗的照片，还有一段写他的文字，但此时我姥爷已经被埋到那个孤零零的坟里去了。我姥爷没留下亲生儿女，但我母亲和舅舅对他还是不错的。此后我们年年去给他上坟。

【小姥爷】

是在河北矾山一带，当年到处都贴着告示：谁能活捉到韩志才，悬赏大洋两百元！这个叫韩志才的人，就是我的小姥爷。小姥爷当时是矾山区区委书记。那晚由于叛徒告密，小姥爷被包围了。小姥爷注意到，四处都是对着他的枪眼还有人眼。他知道他跑不了了。他先是吞吃了所有的机密文件，然后他跳上房顶，与敌人周旋并进行了殊死的搏斗。身中数弹后，他还没有倒下。他用匣子枪打倒了不知几个人，但还有一些人狂叫着：要抓活的！我小姥爷跳下房，带着鲜血，在矾山镇的街头上爬行了一里多地。后来听我小爷说，那一里多地的地面上，全是我小姥爷的血迹。然而最终还是被后面的叛徒追上来——这个时候，小姥爷用最后一颗子弹，结束了他二十多岁的生命！

事后我小姥姥执意要看看装在棺材里的我小姥爷。我小爷不让看，但最后还是把棺材揭开了。开棺后，我小姥姥看了一眼，就吓蒙了：因为我小姥爷的尸体实在是太惨不忍睹了，那才叫遍体鳞伤，劈脑开花！我小爷当时是我小姥爷最亲的人，但为他收尸后，无力为他整容，只能就那么血糊糊的，把他装入棺材了。

好在，当时我小姥爷已经有了两个儿子。

【二姥爷】

是在1942年夏天的一个夏夜。在我老家的一条叫石羊沟的山沟里，一位不算小的官儿，带着百余名抗日队伍的干部，从中央局晋察冀启程到北平和冀东开展工作。那位后来成了副部级高干的叫武光的同志，路经红金坨下时，得了伤寒病，高烧多日昏迷不醒，又无药可治。后来经组织安排，这位武同志，还有那位随身的小刘同志，就住进了当时我二姥爷和二姥姥，还有他们的女儿一同住的那个并不大的山洞里。就是在那个山洞里，我二姥爷一家人绝对是像对亲人那般，伺候了那位武同志几个月。武同志的病情康复后，又重返前线。

1984年5月，时任北京市人大常委会副主任的武光同志，去那个山洞再次看望我二姥爷时，二姥爷和二姥姥已经先后去世了。生前他们常常念叨着武光同志，也知道他离那个山洞并不遥远，可从来没找过武光同志，即便他们的日子过得十分艰难。那天武光同志在那个他曾经养病的山洞里，百感交集地叫着我二姥爷的名字，许久许久，不愿离开那个山洞。事后他在文章中写道："韩志广同志！我多想见一见你和你的老伴，一起回忆一下1942年那最艰苦的岁月，表一表我对你们的衷心感激！我知道，当年你们留我在石洞里养病，是冒了一家人性命的危险的。你们掩护我、照顾我，不是为了我个人，而是为了革命事业，你们为革命做出了贡献，却从未向党索取过任何回报，你们死前一直是普通的山村农民，艰辛地挑着劳动和生活的重担。你们是多么可敬的同志！那巍峨的红金坨峰恰在石洞的上方，它多像为你们立下的一块丰碑！"

早些时候在一个婚礼上，我见到了我二姥爷的两个儿子，其中还有一个六十余岁的儿子，尚未结婚。

老父亲的故事

如今82岁的老父亲，党龄早已超过60年了。父亲不过是一个极为平凡的父亲，但回忆起他做的事情来，也自有其闪光、感人之处。看来，他胸前那

枚沉甸甸、金光闪闪的老党员奖章，也不是白挂上去的。即使他那爱送人东西的"老毛病"，也透着阵阵暖意。

父亲不到15岁，就在村头站岗放哨，以防日本鬼子进村烧杀抢。那天夜里，父亲把随身带的干粮，几个炸糕，给同伴吃。同伴问，你的炸糕为啥给我吃？父亲笑了说，从今天起我就是共产党员了，有东西得先给别人吃。

记得儿时的一天晚上，狼跳到我们家猪圈里去了。父亲披衣起来，把狼赶跑了，吓跑了。然后他夜夜把一盏马灯挂在村头上。他说："狼怕亮儿，有这马灯，狼就不敢进村来了，全村的猪羊都安生。"

我们家的自留地里，有一棵高大的桑葚树。每当端午节前后，父亲都要上树把紫红的桑葚摘下来。事后，父亲让我用一个小碗，把桑葚送给好多户人家。

当年母亲当村干部，常常有女工作队员来下乡，要住在我们家，父亲就到光棍家去投宿，也好让母亲和女下乡工作队员能在同一条炕上谈工作、拉家常。

父亲当贫协主席时，组织上发给他一杆枪。晚上他要抱着枪在村里巡逻，睡觉时枪就搁在身边。为此，父亲少睡了很多觉。他说："为了大伙，值得。"

老家有一口井，水是好水，但赶上夏天的晚上，人们挑水浇园子，水就不够用了，那时父亲就不凑热闹去挑水；等到半夜以后，他再起来挑水浇我们家的菜园子。

父亲快奔60岁了，还天天起早贪黑，在老家的山上修盘山公路。待那路竣工后，杀猪宰羊庆贺的时候，父亲却还在路基上转悠，而不愿抢先去吃肉喝酒。

那年冬天，父亲在异乡村里的场院里看杂技表演，似乎只有他发现那些穿着单薄的演员们，一个个冻得直打哆嗦。事后他走上台，给了那些演员50元钱，让他们煮一锅热汤面吃。当时，政府一个月恰好补助父亲这个老党员50元。那次，妻子翻箱倒柜找印象当中的衣服和鞋帽，却怎么也找不到了。老父亲走进来说，他把那些衣服和鞋子，给村里居住的打工的外来户送去了。他说他们更需要这些穿戴的东西。他还把一袋面和一桶油，送给了一个炸油饼的。父亲说那炸油饼的揭不开锅了，不救他一把，他的生意就断了。

那年夏天，有好几次，父亲顶着大雨，湿得浑身水淋淋的，去给人家送菜。菜是我家的菜园里产的青菜。父亲说，下雨天，那两家外来户没处买菜去，咱们家的菜吃不了，何不给人家送点？我还是个老党员哩，得多想着群众点。

那年深秋，姐姐要把父亲从我家接走。临行前，却不见了父亲。后来听乡亲们说，父亲夹着他曾经铺过的皮褥子，给那家打烧饼的人家送去了。他说反正这一冬天他也不在我这里住了，这皮褥子他也铺不着了，就送给需要的人家铺去吧。

父亲就是这么一个人，不管什么东西，都舍得送给别人。母亲生前说，你爸天生就是个穷大方。我倒是觉得，父亲的大方，肯定与他胸前那枚老党员纪念章有关。

常鲜起名

常鲜这个名听起来有点意思，水灵，有嚼头，给人以联想，这名字的谐音好，尝鲜，多美，谁都愿尝鲜；长鲜，多棒，谁都愿常保新鲜，永葆青春。

常鲜自己的名字好，他还能给人起好名字。但要告诉你，常鲜可不是什么起名公司的、测名公司的老板，他不过是一个十五岁的少年。

十五岁的少年，居然就给人起上名了。说来这事其实也不新鲜。是龙年正月初八那天，他的小外甥女呱呱坠地了，这要说什么点，那就得算小龙女了。还别说，他这小外甥女，还就姓龙。为了这小龙女的名字，他的姐姐和姐夫可是没少查字典，但起了一堆名字都不满意。后来是常鲜随口给说了一个名字：就叫我小外甥女龙创新吧，咱龙的子孙不创新不行。这么着，他外甥女的名字传出去了，他常鲜会起名的佳话也传出去了。一度，十里八村的人，还就不断有找常鲜起名字的。而且，他起的名字，那是个个鲜，个个招人喜欢。如今起个让人认可的好名字，不容易；什么批八字呀，什么缺这个呀补这个呀，一大套，讲究太多了。可常鲜起名，就犯不上费那么大事了。他给人起名，也不管什么生辰八字，甚至也不问性别，但却能够给人起出好听好叫的、令人满意的名字。这可就神了。

是在那一天，有人敲他家的门，当当，门开了，是一对年轻的夫妇。二人见了常鲜，还毕恭毕敬地问：请问，你是常鲜吗？常鲜说：正是。找我有事吗？对方说：起名。常鲜问：谁让你们来的？对方说：慕名而来，都说你会起名，一个传俩俩传仨的，我们也就上门找你来了。先请问：起一个名，要多少钱？常鲜说：分文不取。要起名，就报上姓来吧。

于是夫妇便报上尊姓：艾。

常鲜一挤咕眼，问：姓艾？那，有了，你家小孩就叫艾国吧。

艾国？

艾国。

嘿，这名字不赖呀。

你们的姓好，这名字才好取。

几句话，打发一对夫妻高高兴兴地走了。

那夫妻前脚刚出门，又来了一对找常鲜起名的小两口。说是小孩刚满月，名字还没有哪，请给起个名字，并有重谢。

常鲜说：不用谢。先报尊姓吧。

我们姓复姓，司马。

常鲜思忖片刻，有了，说：那就叫司马创新吧。

哎，这个名字，好。小两口一拍手，搞定；皆大欢喜，走了。

也真是无巧不成书。那天又来了一个起名的家长。说他姓包，包公的包。常鲜一听，乐了，说：姓包，好啊，但名字不能叫包拯，也不能叫包干包围包办包子之类，就叫……就叫包容吧。

哈哈，这名字倒不赖，谁不喜欢包容啊。

说着，又来了一位老汉，说是给孙子起名。一问贵姓，才知姓纪，纪晓岚的纪。常鲜说：纪嘛，与记同音，那就叫纪厚德吧，怎么样？

老爷爷一听，说：好，厚德这词，好，我好像听说过，叫什么厚德载物。这名字有意义，就叫我孙子纪厚德了。

紧接着，又来了一位起名的，是给他的儿子起名。他儿子和他老子当然是同姓，姓杨。常鲜摸了几把头发，脱口而出：那就叫杨京神吧。

求名者听了这名字，直说：这名字精神哪，就是它了。

从此以后，常鲜还是经常给人起名字，但起来起去，人们发现，他起的名字里都包含着北京精神八个字的内容。比如，东方爱国，胡延创新，董包容，敬厚德，等等。后来人们才知道，常鲜正是为了宣传北京精神，才一度给一些龙宝宝们起了一堆看似重复却也有些新意的名字。

二手小传

长着两只手的人，满世界都是。大名叫二手的人，我认识的只有二手。二手本也不叫二手，他这名字不是父母赐给的，是人家给他起的外号。每当听到人们叫他二手，他就哎的一声应着，痛痛快快的；眯缝着眼睛，显然对这个称呼很满意。

照二手说，不管干什么，不一定非得争第一，当老大。他还说，老二也未必就是二流子二把刀二百五，比如说，孔老二，武二郎，不就是老二吗？可那也是天下第一的人物。他的信条就是，不争那个第一。比如他吧，排行就排在老二上了，总不能跟老大哥争老大去吧，争也白争。上学的时候他争不上第一，也没玩命地争过。高中毕业，大学没考上，灰溜溜失落了一段时间，就买了一台二手电脑，又闹了个第二学历，然后就靠着这台二手电脑，和世界接轨了，把山里人家卖不出去的山货，让他通过网络给卖掉了。

二手发了点小财，可过了二十奔三十了，媳妇却还没有着落。他曾经和一位男士争过一个姑娘，但他眼瞧着那姑娘被人家用小车接走了。有路人碰上婚车直啐唾沫，说是晦气；他却连连向接亲的人招手，说是拜拜了。可在一年之后，人家接回去的媳妇，又让他给接到他家里去了。应名他是找了个二手媳妇，可这媳妇分明还是个处女；虽说是这女子与那男子成了名誉上的夫妻、当然也是合法的夫妻，可那男子无奈生理的毛病，也是事实。这么着，人家的媳妇归他了。他喝了一瓶二锅头，直说是，哥们儿，你没这能耐，没这命，就怪不得我了。第二天他就带着媳妇，赶集去了。两人骑着一辆自行车，一溜歪斜的。当时他和媳妇许愿，赶明儿我不让你骑自行车了。

第二年，二手就买了一辆二手车。据说那车可是二十万元买的，到了他手里就成了两万元了。他开着那车，显得美滋滋的，没有觉得二手车有什么不好，因为他压根也没开过一手车。

二手又买了十台二手电脑，没开什么网吧，还是靠网络帮助村民们往出卖农产品。别人发了，他二手也发了。二手发了以后，小两口盘算着，想买一套楼房。可掐指算来，票子怎么也是不够。后来他就一拍手说，我的娘子呀，咱们可以买个二手房啊！

一个月以后，一套99平方米的二手房就落到他脚下了。他在那房里来回地走柳儿蹠步，与媳妇说，我说娘子，这哪叫二手房啊，人家刚装修得好好的，一天还没住哪，连个屁股印儿都没落下，就成了咱们的了。这二手房比那一手房得便宜十几万，算我二手逮着了。

二手两手将媳妇抱过来，想在木地板上晃几圈，却听见儿子在摁门铃，门铃还会说话，您好，请开门……

二手一摊手，一咧嘴，还是显得有点二百五样儿。

老人与狗

　　红金坨下有一个小山村，一个只有一个人的小山村。这个小山村原本有15人，如今还只剩下一个人了，这个人就是索老太太。照索老太太的说法，村里的人都石板上炒黄豆——蹦了；蹦到山外打工或是直接迁到山外去了。因而村里只有索老太太了。当然，还有一条狗。陪伴索老太太的除了她的影子，就是这条狗了。索老太太似乎压根就顶着一头白发，像杏花一样白呀；那狗却是黑的，永远如黑缎子一般，闪着光泽。这人与狗就形成了黑白分明的一道风景。这风景是红金坨下一道难得的流动风景了。索老太太用这狗去驮水，驮水的工具是两只自制的桦皮桶，绑在狗的身上，狗就狗颠儿狗颠儿地把水运回家了。缸里有了水，缸里还有粮食，门外有成垛的干柴，这吃喝就不愁了。老人与狗，过得都很幸福。老人不是没有儿女，有四个儿女；儿女也不是不让老人随他们去养老，但老人不去，老人就愿待在山里。老人觉得，一年四季里望着红金坨，望着春天里的杏花，夏日里的红杏，秋天里满山的红杏叶，冬日里千姿百态的雾凇，是一种莫大的享受啊。老太太哪儿也不想去。有人说老太太孤了点，老太太说孤啥呀，我还有一条狗哩。

　　索老太太是有一条狗，那狗吠声传三村，足迹遍三山，也算是一条好狗啊；狗还挺仁义，通人性。狗常常叼回一只山鸡或野兔，给索老太太解馋。索老太太的老伴去世后，这狗就日夜给索老太太做伴。白日里，金灿灿的阳光下，狗陪伴着老太太晒老爷儿（太阳）；月光下的土炕上，索老太太在一边睡觉，狗就在另一边睡觉。赶上好的夜晚，人与狗都披着皎洁的月色。一有什么动静，狗自然要跑出去，叫唤一顿，或是冲"敌情"的方向勇敢追去。人与狗，也算是和谐相处，同甘共苦了。

　　忽一日，索老太太病了，一下就病倒了。狗望着老太太，急得直汪汪，

但的确是爱莫能助啊。后来老太太就拍着狗的膀头说，去吧，去把我小儿子找回来，我怕是不行了。于是那狗就毫不犹豫地、似乎也并不为难地去找小儿子了。狗找小儿子是轻车熟路啊。狗曾经找过小儿子。小儿子在30华里以外的乡政府烧锅炉。那狗带着嘱托和任务，像一簇黑色的闪电，就在杏花掩映的山道上时隐时现，奔奔波波冲乡政府的方向疾驰而去了。

两小时以后，狗把小儿子带回来了。此时索老太太已经独自死去了，死后显得还很安详。那一头白发的确像一簇杏花，漂亮，也有几分伤感凄惨。赶来的人与狗发现了眼前的情景，似乎都汪的一声哭了。儿子叫着娘，狗不会叫娘，叫声却也撕心裂肺的。又两天以后，红金坨下出了一个大殡，索老太太的儿女哭天叫地，把那位老人祭发了。老人被埋在红金坨脚下的一个山包下的杏树下。老人的坟丘上插了一个花圈，那花圈似乎很多余，因为那花圈远没有那树杏花显得自然而肃穆。

人们把索老太太埋葬了。忙乱中的人们也忘了那条黑狗，因为谁也没发现那条狗。本想给狗一碟子猪头肉吃，犒劳犒劳那条陪伴了老太太好几年的狗，却不见了那狗。三日后，人们去给老太太圆坟，一眼就发现那狗已经吊死在老太太的坟头上了。吊死在那棵杏树上了。那狗脖子上的铁链子不像一条蛇，却像一条花环；那黑亮的狗毛像一条黑色的孝布，深沉得令人想哭都哭不出来。聪明的老太太的儿女们，自然明白，这狗是给老太太殉葬来了，是为老太太而自缢的呀。于是，人们就把这狗掩埋到老太太的身边了，有这狗陪伴着老太太，还有老太太的老伴陪伴着她，墓中的她也该闭上眼睛，安息了。

那迟迟不落的杏花，疑是索老太太那头雪白的白发；而那黑黝黝的杏树干，则像那条黑油油的狗了。从此那红金坨下，就永远留下了一方老人与狗长眠的风景了。

第二辑
爬满松鼠的核桃树
YAOLUOHONGZAODE
SHAONV

结账

在一阵阵"噼噼啪啪"的鞭炮声中，"你常来"小酒店开张了。小店开张后，迎接的第一个顾客便是二愣。二愣是小镇上有名的酒鬼。二愣拿着菜谱点菜的时候，不看菜谱，只盯着服务员小姐的花裙子。花裙子并不在乎有眼睛盯着，花裙子只笑吟吟地问："您吃点什么？"

"吃燕窝，你有吗？"二愣说。

花裙子并不明白二愣说的"燕窝"指的到底是什么。花裙子说："燕窝还真没有，您吃点别的吧。烧鸡、鸭掌、肚丝……全有。"

"我还就喜欢吃这实在东西。一样来一盘儿吧，再来一瓶孔府……"

菜不紧不慢地端了上来。二愣不紧不慢地吃喝起来。吃着喝着，那俩眼还是盯着那花裙子。

吃饱喝足，花裙子说："把账结了吧。"

二愣说："先欠着吧。"

花裙子说："那可不行，老板不赊账。"

二愣说："记账，早晚还你。今儿个，没钱。"

二愣说着，歪歪斜斜、飘飘悠悠地走了。花裙子想去追他，没敢。

两天以后，二愣又来了。又足足撮了一顿。吃完后，还是那句话："今儿还是借酒消愁，先记账。"

花裙子转眼不见了，转眼又飘了出来。花裙子身后跟着小酒店的老板。老板似乎要发怒了，他命令二愣："必须把账结了。"

二愣笑嘻嘻地说："这回没带钱，下回结清。"

老板说："你可别赖账。"

二愣嬉皮笑脸地说："冲你这花裙子小姐，我也不能丢我这个男子汉的脸。我没钱，有人有钱。"

二愣说完，转身又飘飘悠悠地走了。

七天以后，二愣带着一千元现金，财大气粗地还账来了，并扯着大嗓门叫道："开票。开玻璃厂的票。我姐夫是玻璃厂的厂长，还会欠你几顿饭钱。"

花裙子顿时愣了，连老板也有几分惊愕：真是人不可貌相，二愣啥时候成了大厂长的小舅子呀。这样的顾客，可不能怠慢呀。于是，花裙子和老板来了个急转弯，客气地对待二愣。一结账，六顿饭总共七百八十八元。

花裙子问："票开多少？"

二愣说："就开一千元吧。要不，再多开上二百五。不吃我姐夫，吃谁呀？"

花裙子不由自主擂了二愣一小拳头，说："你可真聪明。你可真好命，有个财大气粗的姐夫，以后欢迎你常来，常来'借酒消愁'。"

爬满松鼠的核桃树

京西某山村，不过二十户人家，百十口人。而这百十号人，大多都纷纷到山外打工，以混得一碗饭吃。剩下的人大多为老者、病者、残者。幼者却没有，因为此地无幼儿园，更无中小学，所以有孩子的父母为了儿女能够上学，也只好到山外谋生去了。此时那村中，不过剩有五人之多。其中最老者，七十有三，早已是鬓发如雪。这个人名叫魏自银，是一位乐观豁达的老太太。且说话风趣幽默。她结婚不晚，开怀却不早，三十生头胎，后一发而不可收，十年中一连生三子两女。而不过四十有三，其夫忽然得暴病，一命呜呼。此后寡妇岁月漫漫，但她凭着一双勤劳之手，硬是把儿女们拉扯成人。可后来的光景照她说是，孩子们如石板上炒黄豆，熟一个蹦一个；或像巢中小鸟，大一只飞一只。临了红红火火一家人，热热闹闹一个家，仅剩她独身一人，拄一根独拐度日。五间大北房，甚为空荡凄凉。山墙外一棵核桃树，有三搂来粗，枝繁叶茂，遮阴一亩。通过那一扇山窗户，她常独望此树。睹树思人，感慨颇多。那时，她免不得长叹一声，或泪流两行。

魏自银就这么度其日月。往往，那树上有三五只松鼠蹦上跳下，给她添了几分生活情趣。至于那树上一嘟噜一串的核桃，更给她一种丰收在望之感。

说来，魏自银的主要经济来源，便是这棵笼罩于房上的大核桃树了。这树是她的摇钱树。赶上这树高兴的年头，一年结的果实，能拾几十背篓。她的最大乐趣和希望就是年年秋天，收获这树上的核桃了。当年几个儿子在家，他们都会猴子一般爬树。每到打核桃时节，儿子们挥着三根枣木竿子，分头于各个树杈上，噼里啪啦打核桃。待那核桃夹杂着落叶落了一地，她便提篮背篓去拾。离骨儿的核桃分出来，直接晾于荆笆上；青皮核桃堆成一垛，捂上数日，然后再剥其皮。年年她往那核桃堆前一坐，不分日夜地剥核桃。青皮核桃的汁水，将她的手染成黑褐色，如黑人之手，个把月洗而不褪色。然那核桃仁却像人脑一般雪白，养育了一家人。

岁月中魏自银的头也渐渐老化成一颗皱巴巴的核桃了。

而今，核桃树依在。儿女们却各奔东西，出去挣饭吃去了。听说大儿子当瓦匠，二儿子当木匠，三儿子在当架子工，都是在北京城里搞建筑的。大女开了发廊；二女在饭店打杂，端盘子刷碗的。魏自银对三儿两女不是不挂念，但挂念也无用。照她说是，出去就出去吧，都守着这棵核桃树喝西北风啊！

但，那树上的核桃毕竟是一笔收入，收入就得先收获。而魏自银渐渐年迈，即便不年迈，她也无力爬上树去打核桃。可这核桃谁给打哪？村中其他几位乡亲，老的老，瘸的瘸，也无力为之。

过了白露，核桃满仁儿了。魏自银一天天望着那高大的核桃树发呆，继而发愁，心说，这核桃快该打了，可我上不去树咋办哪？……哎呀，两对大尾巴松鼠正在树上跳来蹦去，嬉戏打闹哪。

　　魏自银盯着那窗外树上的松鼠，叫道，瞧瞧，猫骚鹰、花皮脸儿又来了，它们还不抢先把核桃拉了去！

　　魏自银所说的猫骚鹰和花皮脸儿，可算作松鼠的两种。猫骚鹰似猫却不是猫，更不像鹰，只是一种灰黑色的大尾巴松鼠。花皮脸儿身量稍小，毛色却花哨斑斓，尾长尾粗，善摇善立。这两种鼠的共同点是：机灵潇洒，擅长爬树，尤其爱吃核桃。看似它们口不大，嘴中却同时可容三个大核桃。它们的最大本事就是一昼夜可叼走近两百趟核桃。如此算来，一只松鼠一昼夜可运走约六百个核桃。这是一个不小的数字了。同时也是一个可怕的数字。

　　此时，魏自银望着那几只松鼠，心说，我这棵核桃树上也不过几千个核桃吧，那猫骚鹰和花皮脸儿要是成心和我抢，糟害我，用不了三天两夜，还不全把核桃拉到洞里，留着它们过冬去。

　　魏自银一阵焦急。心说，不能等了，我得给孩子们捎信儿，让他们回来两天，帮我把核桃打了。

　　口信好容易捎给了三儿两女。几天后，口信又好容易捎回来了：三个儿子说正赶工期，太忙，顾不得回家打核桃；两个闺女也说，发廊和饭店都离不开人，也顾不上回家拾核桃。

　　魏自银的心凉了半截儿。她嘟囔一句，养你们有啥用啊，连个核桃也不给回来打！但她又宽慰自己，不回来拉倒，我老太太再想辙儿吧。不信马勺长在树上，就弄不下来了。

　　一日日过去。眼看快到八月十五了。树上的核桃有一半已张开了嘴儿，裂开了纹儿，欲熟透了。有性急的便啪嗒一下子，跳落了下来，掉到房上，又滚到地上。

　　这核桃再不打就不行了。魏自银急得围着核桃树直转磨。有能伸手够着的核桃，她就顺手摘了下来。可大多核桃，却是可望而不可即的。她盼着老天爷刮一阵大风，把核桃全部刮落，她再捡拾。可老天爷静静的，不给她刮风。

　　那夜，魏自银愁得可以。惊惊乍乍一夜也没睡踏实。总听着房上有动静，院中还有动静，核桃树上也有动静，至于屋顶上，动静更是不断，那猫洞眼儿里，老有猫出入的声音……这到底是什么动静哪？她却不敢出去张望。她一个老太太，怕鬼。这村中一大捧人，压不住风水，怕是在闹鬼？所以她就胆战心惊熬了一夜。待公鸡打鸣后，她才敢睁眼睛。

翌日一早，魏自银起炕穿衣，忽一扭头，发现猫洞眼儿里钻进两只花皮脸儿，那花皮脸儿撂下口中叼着的核桃，赶忙钻出猫洞眼儿，疾奔而去。但又像回头做了个鬼脸。

魏自银大惊。

魏自银再看地上，忽然发现一堆堆核桃，柜底下、灶坑里、墙旮旯里，都堆满了核桃。

魏自银再大惊。

待魏自银推门出屋一看，院子里也是一堆堆核桃，包括鸡窝里，窗台上，破筐烂篓子里，都有一窝窝核桃。

魏自银更加惊讶不已。

这是咋闹的呀？老太太正在纳闷，不由举目一看，却发现那核桃树上的累累果实，几乎一个也不见了。而出现在她眼前的，是树枝上的一群黑乎乎花搭搭的松鼠——那松鼠或仨一群，或俩一伙儿，或独一只，或蹦或跳，或顽皮或淘气或打闹，或灵眼圆睁，向下俯视窥探……那核桃树的枝干和叶片之间，几乎爬满了松鼠。那真是一幅任何画家也画不出的百鼠或千鼠云集会师图啊！

壮哉美哉怪哉。

魏自银看得两眼发呆。

再看那院中屋内的核桃，无疑是这群松鼠给她叼下来的呀。松鼠帮她收获了她苦于无法摘下的核桃。

魏自银惊奇得欲言又止，感动得欲哭无泪。她冲着那满树的松鼠，作了三个揖，说了一句话，好一群王八羔子鼠啊，你们比我的儿女们还强哩！我发愁打不下来的核桃，你们给我都搬腾回来了。

那居高临下的松鼠们，仿佛听懂了魏自银的话，它们似乎也纷纷向那白发老太太作开了揖。

那日，魏自银把松鼠拉来的核桃收拾起来，晾于两个荆笆之上。她打算给五个儿女各留一百个核桃，大部分核桃卖掉换钱；再留一部分核桃，随便

丢在房前屋后，待那松鼠们饿了，就来随意地叼几个吃。

那天的太阳很红。那晚的月亮差不多也圆了。但魏自银无心望月，只望着那核桃树，想象着那核桃树上爬满松鼠的情景……

刘村长

乡里人称鼻涕为脓带。刘村长有个极不雅的外号，叫脓带虫。

刘村长从小鼻涕多，似乎永远都患感冒，一年四季，鼻子下都挂了两条脓带，耷拉着，白亮亮的。为此，村里人大多叫他脓带虫。有一次，田五婶去挑水，却见井台上趴着一个孩子，正入神地望井中之蛙哪！田五婶叫了一声，嘿，别在井台上趴着啊！

他抬起头来，眯眯笑着，挂着两条脓带。

田五婶欲拿扁担抡他，说，脓带快掉到井里去了！这水可咋吃！

他吸溜一声，把脓带吸回去了，淘气地说一声，活该！然后，又说，从小流脓，大了成龙，嘻嘻，说完就跑了。田五婶说，咋不淹死你个脓带虫啊！

他没死，却长成了一条大小伙子，忽忽扇扇的，往人群里一站，高人半头。细心人却不见了他的两条脓带。

他高中毕业后，却没考上大学，气得在家躺了好几天，还啼啼啦啦哭了两眼子。后来，村支书就找他，给了他个差事，让他管村里的水、电。他一蹦就起来了，有几分卧龙腾空的架势。

管了两年水电，都说他管得不错。于是，人们选村主任时，就选上了他；于是，人们叫他刘村长。

新官上任三把火。第一把火，打井、修自来水。他带领村人干了仨月，让家家户户全吃上了清亮亮的自来水。月光下，人们望着从龙头里冒出的水柱，就又想到了那个脓带虫。田五婶就有几分感激地说，那个脓带虫，还真为咱村里人办了点好事！

他经不起夸奖，却又于灯光下，画了几条彩带，并标明：路带、林带、草带、花带、灯带。画完图，他就找支书去了。

支书拍了他的肩膀，说，有你的！咱们干！

一开春儿，村里可就热闹开了。刘村长头顶大草帽，带领一拨人马，日夜兼程地修路。不出俩月，村中便修了一条柏油路。路还没修完，路边又栽上了两排龙爪槐；龙爪槐刚返青，树下又铺了草坪，修了花坛。那花草树木有横有竖，有绿有红的，就长了起来；路边，又安了两排路灯。

似乎是一眨眼的工夫，村容村貌就变了。刘村长那"五带"工程，全部实现了，即路带、林带、花带、草带、灯带。

县长得知刘村长把个村子收拾得花园一般了，就带了人们去参观。那天，刘村长穿了一身白西服，扎了一条花领带，带着县长一行人，比比画画地走着。

曾经想拍脓带虫一扁担的田五婶，躲在胡同里说，那个脓带虫还真成龙了！

诗人文阿上

文阿上还有个不错的雅号：诗人。其实，文阿上也算不得什么诗人。不过，他发表过诗歌，这倒是有目共睹的。十五年前，文阿上便迷上了诗。苦苦写了五年之后，才在县文化馆的小报上发了他的处女作。那首诗一共三行半。说三行半是因为最后一行只有一个字：啊！……诗虽短，诗人的称号却落到了文阿上的头上。三行半诗产生了不小的影响。四个要好的同学都前来祝贺。四个同学都说："文阿上，你可得请客！"

文阿上说，"等来了稿费吧。"

稿费果然来了，三行半诗给了一元钱。一元钱说少，也不少；说多，也不多。可这一元钱要请好几个同学的客，就让文阿上有几分为难了。不过，这客还是请了。小镇上有一家小饭店，卖牛肉大葱馅饼，两毛钱一个，挺香的。一元钱买五个馅饼。每人一个，个个吃得很开心。一个同学说："文阿上，为了下一顿肉饼，还得好好奋斗，写诗啊！"

文阿上纠正说："不，得说是为了下一首诗而奋斗！"

文阿上不知，这下一首诗发表可难了。县里的小报停刊了，他的诗登上大报就如同上青天！可苍天不负苦心人——他的第二首诗还是在十多年后堂堂正正发表了。此诗也不长，六行半，不过，总比处女作长了一倍。文阿上很为此高兴了一阵子。文阿上盼他的同学前来祝贺，可过了一个月，才只有一个同学来到他的家，提到看了他的诗，但并无多少祝贺的意思。文阿上把十元钱都捏得快烫手了。文阿上对他的同学说："走，上饭店，今儿个我请客。这首诗给钱不少，是上次的十倍，六行半诗给了十元钱。"

两个同学在小饭店里转悠了许久。文阿上终于充了一回大方，他点了两瓶啤酒，一碟花生米，还有一盘豆腐丝，再加五个牛肉大葱饼……然后把十元钱递了过去。小姐把钱盯了许久，才说："十元钱哪儿够？五个牛肉饼就是十元钱！……"

文阿上一愣。文阿上很不好意思。

文阿上的同学又递上了二十元钱。

酒后，文阿上的同学说："阿上，以后别写诗了。没什么大意思。"

文阿上说："没想到诗这么不值钱。"

文阿上的同学说："干脆，你跟我开车行去吧。"

文阿上醉意悠悠地问："车行一行多少钱？"

文阿上的同学说："你是醉了，醒了我告诉你。"

文阿上又咕哝了一句："酒不醉人人自醉……"

白虎石

古老太爷家的大门外有一块绵羊似的石头，名曰白虎石。这白虎石非石匠雕刻，也非人为搬来，而是一块天然石。石头何年何月长在古家门口，无人知晓；石头有多深的根脚，也无人摸底。就连古老太爷也说不清楚，但他毕竟知道石头的些许来历。

话说古老太爷的爷爷在世时，古家来了一位风水先生。先生未进古家大门，便对挡在大门道外的一块灰石头"触景生情"。他对老人道："此石乃宝石也！有了这把门之白虎，金银财宝出不去，妖魔鬼怪进不来。古家有福啊！"老人闻之，喜上眉梢，当即给白虎石磕了仨响头，烧了三柱高香。

自古，古家把白虎石视为珍宝，且制定保护措施三条：男人不得损坏此石，女人不得骑坐此石；无论年深日久，不得挖取此石。

有了白虎石这个"门神爷"，古家本该万事如意了吧，事实却不尽然。古家照样有过不幸。逃荒要饭的日子有之；闹灾得病的日子有之。甚至狼在离白虎石不远处，叼走古家一小儿的惨事，亦有之。当时，古老太爷的大儿冲石骂道："长大了，我非砸烂这破石头！"古老太爷气极，用铜头烟锅敲大儿脑门三下，道："不许胡说！凡人哪敢动神虎一毫毛！……"此后，人们也都长了敬石的记性。

在古老太爷七十有九的那年，有两个"傻小子"拿着钢钉、炸药、雷管，要破白虎石的"四旧"，古老太爷抢起拐杖，步步逼近傻小子，并颤颤地往石头上一坐，怒道："要炸，先炸死我吧！有我在，就有石头在！……"

傻小子吓跑了。古老太爷却坐在石头上不起，并因此得了大病。但他死也不离开那白虎石，临终前留下一句话："谁也不许动这白虎石！"

古家的大权落到了古大爷爷手里。古大爷爷曾经有过刨除白虎石的念

头，可古老太爷一死，他又没了这份勇气。古大爷爷的儿子古大伯伯说："爸，把它刨了吧。"

古大爷爷却说："先留着吧，刨了，对不住祖宗。"

古大爷爷也死了。古大伯伯也成了古爷爷。一日，古爷爷的大儿向爸爸请求道："爸，这白虎石又挡眼又绊脚，碍事不小，咱们把它挖掉吧！"

古爷爷听后，为难地道："你爷爷咽气时，说过别动它，就先留着吧！"

古家的人一代又一代，古家大门口那个白虎石也随着代代儿孙同在。终于，古家的人合计好了：要挖掉白虎石。于是，老老少少几口子，拿了锨、镐，要干一件前人不敢干的"壮举"！然而，几个人围在白虎石前，你看我，我看你，大眼瞪小眼，谁也不敢先下家伙。有人望望对面山上的祖坟，勇气又小了，总以为：刨掉白虎石，是一桩有愧祖宗之事。可是，几个人又都有搬掉白虎石的心思。于是，他们互相推让说：

"你先下镐刨几下子……"

"你先挖出根脚来……"

"咱们喊一、二、三。搬搬试试？"

看来，白虎石真的要被移动了。

刺玫瑰

她本不叫刺玫瑰，只叫玫瑰；这根"刺儿"，是我妈给她加上去的。我妈说她爱犯刺儿。尽管她"刺儿"，待见她的人还不少。什么原因？可能因为她长得喜人儿，也可能因为她太爱嬉皮笑脸，天生的没心眼子，所以人们不记她的小仇儿。当然了，她这个和我同岁的十八岁姑娘，更不记别人的小仇儿。

俗话话，远亲不如近邻。我和玫瑰家，对门住着。说实话，我们两家可没少闹别扭。

玫瑰到北京给她表姐看孩子去了，一去半年多才回来。见了我，她亲热得真够份儿，又抱，又亲的，说："咱姐俩可见面儿了！"然后，她又给我拿糖果吃……

真是天有不测风云。晚饭前，玫瑰站在她家的玫瑰花前，发起了牢骚："谁家的鸡不关，跑到我们家菜园里去了？把菜糟蹋得那么苦，那么脏，还怎么吃啊？也太损人利己了！"她这一说，我可不得劲了——因为，那是我们家的鸡。我想出去说，又觉得不好说。哪儿料到，我妈风风火火地跑了出去。说实话，我妈这人够刁的。她一出门，就大声说："你个刺玫瑰，一回来就乍刺儿啊，那是我们家的鸡，咋了？！"

"你们应该把鸡关上。祸害人不行！"

玫瑰的话也挺硬。她呀，也是个服软不服硬的人。见我妈有气，她的气也来了。于是，两个人便你一句我一句地吵上了……我想出去劝，又怕我妈闹得更欢。她这人，是不识劝的——不管她有理没理。

闹了一阵，也不分上下，玫瑰只好自认无能，回屋去了。我妈也得胜回朝。见屋里黑了，她去开灯，可忽闪一下，灯泡坏了，再也不亮了；把我妈气得"咔嗒咔嗒"乱拉灯绳儿，我真想说："活该！让你厉害！"但又不敢——我这人怕事。

过了一会儿，玫瑰进来了，拿着一个灯泡，说："大妈，你们先用这个吧。"

谁知我妈却说："用不着！"

这话可把玫瑰气得够呛。人，谁没个心肺脸面哪？何况一个水灵灵的大姑娘，玫瑰说一声："用不着拉倒，谁巴结你呀！"屁股一拧，扭身走了。

我妈如此对待人，快把我气死了。我不禁说了一句："您哪，真不通情理！"

常言说"无巧不成书"。要说玫瑰，也太没心眼子了。不过十几分钟，她又来我们家了，透过蜡烛的光线，我看到她的手里提着一只水淋淋的白鸡。她说："大妈，这鸡是你们家的吧？掉到井里去了。我去挑水捞上来的。幸好，还活着……"

这事儿，可把我妈感动了，她叫了一声："玫瑰，我的好闺女呀，大妈，对不住你，我糊涂啊！"

玫瑰把鸡放到地上，没说啥，就走了。

"玫瑰，你干啥去？"我妈，再也不叫刺玫瑰了——因为玫瑰并不刺。

"我去淘井，那井里的水没法吃了……"

听到玫瑰的话，我的泪都快涌出来了，我站起身，叫道："玫瑰姐，我跟你去淘井！……"

搭桥不用茶叶

老王的女儿丹丹大学毕业了，就业却成了问题。丹丹成天愁眉苦脸的，叹息：这大学算是白上了，不还得在家吃闲饭吗？父母见女儿这般愁苦，丰满的脸颊都瘦了一圈，深深的酒窝明显地浅了。父母就急得劝说女儿：丹丹，慢慢等着吧，我们还养得起你。这话丹丹听着更难受了，一扭屁股，脸对着墙，不吭声了。还甩出来一句：我一个大学生，凭什么让父母养着？我要自己找事干去。

丹丹先是发短信，给所有的同学发短信，让给她牵线搭桥，找个挣钱的地方。短信是回了不少，但都是无奈的短信，都感叹：路子少啊！好事难找啊！咱们先等着吧。

还别说，有个同学回了一条短信，说是认识一位什么局长的儿子，可以托托他，看看能不能给找个就业的地方，但说是得意思意思。于是丹丹就看到了希望，就坐公交车去商场买了一盒好茶叶，花了280元钱，这不是个小数了。但若是找上工作，这钱花得当然就值了。丹丹拎着那盒茶叶，找到了她的同学；那同学又拎着那盒茶叶，找到了那位局长的儿子，于是就把那茶叶送给了局长的儿子，局长的儿子推推辞辞说是不要，我爸不可能要这茶叶，但还是答应给搭桥找工作。争执之下，这茶叶还是被那局长的儿子提走了。

一个月之后，这位找不上工作的丹丹，到一家公司报到上班去了，月薪是三千元。丹丹乐得小脸像芍药花，脸颊上的酒窝像是斟满了红酒伴露珠，红晕滚滚的，透着说不出的欣喜。她还想再次答谢那位局长呢。可局长的儿子就在那一天，又将那盒茶叶送到丹丹的手里来了。局长的儿子还拿出了一张纸条，是他爸爸写的，只有简短的几行字：

　　青年人，我喝不下这样的茶叶啊，我也不喝茶；喝了茶睡不着觉，喝了这样的茶叶更会失眠。你的父母卖几百斤麦子也买不了这么一盒茶叶，这茶叶就留给你父母喝吧。我给你搭桥找个工作，那也是我应该做的。

　　丹丹看了这纸上的话，泪光闪闪的。想叫一声什么局长没叫出来，想叫一声什么叔也没叫出来，只望着那盒茶叶，望着远方，望着局长的儿子远去的背影。

野鸭风波

　　鸳鸯湖本是由山泉汇成的一个水库，这里水面辽阔、碧绿清澈，柳下芦间还偶尔有些野鸭出没。到过这里的几个文人雅兴所致，便把这水库称作鸳鸯湖。

　　一日，古副县长得知鸳鸯湖有野鸭子的消息，心里很高兴，立刻前往视察。陪同古副县长的是丁乡长。丁乡长准备了渔具，与副县长边垂钓、边畅谈，好不惬意。

　　正巧，一群野鸭忽然飞落在宁静的水面上，古副县长豪兴大发："好！好！凫飞江渚，这才叫大自然的真趣。将来咱们可以在这鸳鸯湖边建个旅游别墅。"丁乡长见副县长高兴，忙说："是是，乡里也是这么想的。"

　　"不过，"古县长强调说，"这野鸭子一定要好好保护，发现有偷猎的，一定要严肃处理。"丁乡长很认真地记下了副县长的话，并请副县长放心，发现伤害野生动物的事情，不论什么人，一律严惩。

谁知，丁乡长话音未落，便传来"砰砰"两声枪响，"扑棱棱"，水面上的那群野鸭惊飞而起，其中两只随着几声枪响，栽进了芦苇丛中。

"什么人这么大胆？简直是无法无天。"古副县长很气愤，他冲着丁乡长气恼地说，"立即查一下这个偷猎者是什么人，一定要严肃处理，然后向我汇报……"说完，鱼也不钓了，坐上奥迪轿车，扬尘而去。

丁乡长好不尴尬，脸上红一阵白一阵儿的。

偷猎者很快被查出，但却没做任何处理，当然也没向副县长汇报。古副县长也许因事务繁忙，也没再过问此事。

鸳鸯湖的偷猎者越来越多，越来越多的野鸭倒在枪口之下。

报纸上披露了这一消息后，古副县长将丁乡长叫到自己办公室。

"怎么搞的？为什么鸳鸯湖的偷猎行为一直禁止不了？"古副县长将报纸推到丁乡长面前。丁乡长为难地看着副县长，一时竟不知说什么好。

"我上次请你查的那个偷猎者，查到没有？怎么一直没有向县里汇报？"

丁乡长一脸苦笑，说："查是查到了，不过县长，几只野鸭子，打就打了，只要以后……"

"什么？打就打了？偷猎国家保护动物，那是违犯法规的行为，是犯法。懂吗？"古副县长严肃地看着丁乡长。

"懂，懂。"丁乡长连忙点头。

"是谁？"

"县长，我说了您别生气……就是您那二小子。"丁乡长忐忑不安地说。

古县长没有料到，问题出在自己家里。这时，他才想起二儿子确实有一把猎枪，想起最近儿子经常骑着摩托，带着猎枪出去；想起楼道垃圾口的鸭子毛和几天前的那一餐烤鸭子，记得当时自己还说味道不错，吃了很多。

晚间上床时，古副县长吃了两片"安定"。

第三辑
品花望月的山羊
YAOLUOHONGZAODE
SHAONV

价值

贝蒙有几分懒惰，但却有几分好命。他爹娘撒手而去后，给他留下一亩三分地的宅院。那房子虽破烂，可地却肥沃，种什么长什么，不种也长。一亩三分地，无论长什么，总有不少的收获。

现如今菜价猛涨，老农们都在自家院中种了一小片菜园；贝蒙则不然，他付不出那份辛劳劲儿，他什么也没种，只让他的院子空着，爱长什么长什么。

春天到了，夏天也来了，夏日里的土地可闲不住了。也不知何时，那院子忽然长出一层层绿油油的青草和水灵灵的野菜来。贝蒙想拔掉它们，但又懒得拔，只任其长了。忽一日，有个什么人吆喝着收什么野菜。贝蒙听见了，便跑出门去，问那人要不要他院中的野菜？那人进门一看，眼一亮，只说是"要"；贝蒙的眼也一亮，心说：这下钱来了！

一院子野菜，竟卖了180元。贝蒙发了，他高兴得喝了半瓶二锅头酒，然后便去赶集。他在集上买了八只小白兔，带回家后，往院子里一撒，又不管了。他心说：人能吃的野菜都让人家买走了，剩下的这杂草，正好给兔子作为草场——贝蒙很为他的心眼儿活泛而自豪。

奇迹又出现了。到了秋后，贝蒙的院子里竟然冒出白花花一院子大兔小兔公兔和母兔。真是天上掉馅饼啊！这一院雪白的兔子，分明是白花花的一院银子。贝蒙又有二锅头喝了。他疯了一般匍匐在地上，啃了一嘴草，叫了一声："我的土地哟！"

三日过后，有个厂长由村支部书记带着，说是要买贝蒙的宅院。贝蒙说他不卖，说是要卖了，他就没地方住了。村支部书记说，他有三间房子，可以卖给贝蒙；贝蒙光棍一个，有三间房也够住了。且那厂长大方的可以，说是要出两万元，买这块破宅烂院。贝蒙一听这两万，立刻动了心：卖！

贝蒙的宅院卖了，但他没买村支书那三间房。他只带了两万元，到县城风光去了。天天住旅馆，吃饭店，滋味很是好受。这么悠闲的日子过得太快，一晃半年过去了，贝蒙的两万元几乎花光了。

这一天，他鬼使神差般回到了他已经卖给人家的宅院。到此一看，他眼都直了，他那个宅院哪还有啊，此地已化成了一座二层小洋楼，贝蒙隔着大门缝，往里望去，愣愣怔怔的，他仿佛又看到，他的一院子菜和白兔子。但，细细一看，没有，有的只是花坛、喷泉……贝蒙忽然就恍然自语道："我的爹娘，我把宅院和土地卖了，我什么也没有了！今后可让我咋过哟！"

汽车嘀嘀直叫。那个厂长坐着他的轿车回来了，贝蒙忽然意识到：他该走了——他又为什么该走呢？他似乎骂了一句："该死的两万元啊！"

品花望月的山羊

你还记得我吗，白爽？我是伺候过你的那个多情的羊倌，你是我放牧过的那只山羊——你叫白爽。而今你去了一周年了，我不知你的灵魂可升入天堂？望着中秋圆圆的月亮，我想问你，你吃到月亮里的桂花了吗？想必寂寞的嫦娥未必靠近你的身旁，吴刚也不一定给你桂花酒喝……你虽然爱吃百花百草，但还不应该打入酒色之徒之列；不过，玉兔所捣之药，你理应讨一服吃吃，或许能医治那把尖刀给你留下的伤口，以及你心灵的创伤。你吃到仙药了吗，白爽？你听到我说话了吗，白爽？

白爽你得承认，论放羊，我是内行。我放过羊。我放过一只叫白爽的羊。你不会忘记吧，那群山间的风风雨雨和春夏秋冬，不会忘记我们相互陪伴过的时光。你的咩咩叫声和叮叮咚咚的铜铃声，都是牧歌，日夜还在我耳畔回荡。也许你忘记我了，但我依稀记得你的模样。你长得雪白，身材修长，四蹄健壮；两根犄角盘旋着，显得威武而有力量；你的一把山羊胡子，抖擞着精气神，似乎也焕发着睿智和高风亮节的气度与神采。你的脖子上戴着一只铜铃铛，你把进军的号角撒满山冈；你天天带着一大群兄弟姐妹上山去，你总是走在最前方——你应该是一只当之无愧的领头羊。你勤劳，但也显得风流潇洒，谁知有多少雪白的羊儿成了你的新娘。你尤其爱吃、会吃，也贪吃；如果你是个人，肯定是个美食家。我说得不错吧，白爽？

　　白爽，你虽然早已离青山远去，但我还记得，当年你爱吃什么；记得你的胃口不小，记得你的口福不浅，记得你的口味——你不但爱吃草，百草；你还爱吃花，百花。东山、西山、南山、北山，所有山上的草和花你都吃遍了。春天里，你最先吃到嘴的是山桃花、山杏花、山樱花、山梨花，还有野丁香花；连野玫瑰花你也不放过，你也要扬着头，够几朵玫瑰，再低头咀嚼余香。黄芩花开了，你要吃，那紫幽幽的花穗，败火呀；柴胡花开了，金黄的小花还治感冒呢；桔梗花的花苞鼓蓬蓬的，你一咬，啪的一下，像个小蓝气球一样，碎了，进了你的肠道；山丹花你是要吃的，连你的山羊胡子都被山丹花蕊染红了；山菊花你吃得更香，一嘴三五朵地往里吞哪，你还知道"闻之菊花能明目而清头风"哪。山里那么多的野花，哪一种你没吃过呀，你的胃最清楚。就连牛最爱吃的牵牛花，你也要顺嘴叼上几朵呀。你知道，你吃的不光是花，还是药材呢，草药。金莲花、银莲花、银露梅、野罂粟、红景天、蓝盆花、碟子花（石竹）、白头翁、棉团铁线莲、胭脂花、卷丹、美蔷薇、狼尾花、田旋花、点地梅、曼陀罗、黄牡丹、荷包牡丹、黄花、百合花、月季花、榔头花、苦麻花、簪子花、铃铛花、防风花、荆芥花、丹参花、党参花、元参花……你都没少吃。你还常吃枸杞、连翘、地丁、佩兰、紫苏、黄柏、玉竹、知母、远志、苍术、穿地龙、仙鹤草、马鞭草、益母草、月见草、萱草、刘寄奴草、车前子、茯苓、艾蒿……你吃过的花草不少了，你没有忘记你吃过多少花草吧。当然，你还爱吃野蘑菇，各种野蘑菇你都吃；你更爱吃树叶，山杨叶、山柳叶、山桃叶、山榆叶……你最爱吃的树叶，似乎还是秋天里的山杏叶呀；那时的山杏叶有的红了，有的黄了，色彩斑斓的；那时你攀缘在杏树上，尽情尽兴地用嘴摘树叶吃，摘了一片又一片，那时你的肚子里装了香喷喷的红叶诗。而那时我望着你吃得蝈蝈一样的肚子，心里却很难过。因为那时马上就到八月十五了，听羊老板说，八月十四就要宰你了，他要用你的肉给一个乡长送礼，送一只全羊，照他说是给乡长上供。那时你就吃不上花草树叶，而那乡长却要吃你了。我望着满眼的红杏叶，眼前一片朦胧。你知道吗，白爽？

八月十四说到就到了。那天的月色挺好，月亮也挺圆，就在山梁的那边，明晃晃的，挂着。也就在那月光下，你被拖到一张桌子上，一把锋利的屠刀，在一只大手的操动下，狠狠地捅进了你的脖颈，你咩的一声惨叫，你的血像山泉一样咕嘟嘟流了出来；你的血光伴着月光，映在一个铜盆里，铜盆里还有一轮染红的红月亮。你死了，可你的眼睛却还大大地睁着，那对死羊眼充满了恐惧，也充满了迷茫；你紧紧地咬着舌头，都咬出血来了；你龇牙咧嘴的，一副死而有憾的可怜相。你的一对大眼久久地望着天上。你不怨恨我吧，白爽？我虽然是放你的羊倌，可主宰你命运的人不是我呀，生杀大权掌握在别人手里，也就是说掌握在羊老板手里；我是给羊老板放羊啊，我没有能力不让别人宰割你。你没忘吧，当时我的泪流两行；你的肉该不着我吃，即使让我吃，我一口也吃不下，更不忍心喝你的一口汤。

当时我是那么伤感，也很疑惑，我问你，你为什么不闭上眼睛，你老望着天干什么呀，白爽？

你似乎是长叹了一声，你对我说，我望天，望月亮，望月亮里的桂花树——感谢你让我吃遍了山上的百草和百花；可我遗憾的是，我还没吃过月亮里的桂花，我想吃月亮里的桂花。

我听到那羊老板挥着刀说，哼，你还想吃嫦娥做的月饼，吴刚酿的酒哪，你还想吃玉兔捣的药哪！你想得倒美，你吃了啥，不也是变成肉，让人吃你吗！我还是先用你的肉打点一下乡长吧，我还指望他给我办事哪。

我听到你说，我吃了月亮里的桂花，兴许就能变成人，到时候就能吃你们这些贪心人的人肉了。别以为我贪，我是吃遍了百草百花，我是还想吃桂花；可你们比我还贪哪，你们像狼一样吃我们的同胞，你们不也是吃着碗里的，望着锅里的，这山望着那山高吗？难道我们就不能有吃桂花的渴望吗！

你依旧望着天上的月亮，我的山羊，不，你叫白爽。

我也望着天上的月亮，望着你，白爽。此时我想，吃遍百草百花的你，死后你的肉体被人吃了，你巴望着灵魂升入天堂，到月宫里吃几朵桂花，也未尝不可。你说是吗，白爽？

快乐的金鱼

两排白杨树是冷冰冰的，一条不太宽的马路也是冷冰冰的；路上有雪，因为刚下过雪不久。可在这冰天雪地的马路边上，不知什么时候就冒出了一个卖金鱼的小摊，还有一个卖金鱼的姑娘。这穿红防寒服的姑娘，手脸都冻得红红的，往那里一蹲，守着两缸正在游玩的红金鱼。姑娘一边望着金鱼，又一边向四周望望。这雪中充满暖色调的一景，还是有点冷冷清清。

路上的行人不知道都到哪儿去了。车也把这路甩下，只留下了一些杂乱的车辙。姑娘望着白色的路面，想叫一声：买金鱼来。却又觉得没必要叫，因为此时的路上是连一个人影都没有的，只有杨树枝头上的两只喜鹊喳喳地叫了几声。于是那姑娘也就喜上眉梢了，早报喜晚报财，那喜鹊也许是想用它特殊的语言告诉姑娘：生意要来了吧？

这个时候，有一个中年男子，骑着一辆自行车，有几分小心翼翼地从南边遛了过来，似乎也像条鱼一样，就奔姑娘的金鱼缸去了。中年男子把自行车一支，就哈着腰问：你这金鱼怎么卖呀？姑娘说：分三等，大的三元一条，中号的两元一条，最小的一元一条。

中年男子说：那就来三条吧。

姑娘说：您自己挑吧。

你就拿吧。随便。

于是姑娘抻过一个塑料袋，吹了一下，灌了半兜水，就拿起抄子，很麻利地抄了三条鱼，放进袋子里，还嘟囔着：总算是开张了。就要把塑料袋的口拧上了。

这个时候，中年男子才发现，那卖金鱼的姑娘比鱼缸里的金鱼还欢实还高兴；他也一阵高兴，一高兴鱼尾纹都出来了，话也从嘴里出来了：那就再来三条吧。

又来了三条。这时姑娘就更乐得快像条美人鱼了。那脸蛋红艳艳的，芍药花一般，快要把路上的积雪融化了似的。

中年男子见姑娘这么欣喜，就又说：那就再来三条。姑娘扑哧乐了说：大哥，还来三条？

是，再来三条。

姑娘就笑盈盈，又给抄了三条金鱼。然后说：大哥，九条了，够吉祥的。九鲤跳龙门。祝您好运。

那姑娘真的是比游动的金鱼还乐了。

而在这个时候，姑娘的脸悠然变了。她一指马路北边说：大哥，坏了，城管的车来了，要抄我。

中年男子却沉着地说：没关系。这样吧，姑娘，你的两盆金鱼，我都买了。一百元，够吗？

姑娘说：大哥，这……这可真不好意思。要不，您给八十元钱吧？连鱼缸也给您。我不赔，还能赚二十哪。

中年男子迅速递给姑娘一张百元钞票说：你快走吧，还真别让城管的抄了你。

这……合适吗，大哥？

快走吧你。

当穿着红防寒服的姑娘骑上三轮车，驶入结冰的马路上的时候，姑娘还真像一条快乐的大红金鱼。

中年男子望着远去的姑娘，望着盆里的金鱼，一时间也像金鱼那般快乐了。

城管的车开过来的时候，他已经招手拦了一辆"黑出租"，把自行车和两盆金鱼都搬上去了。

风雪中，金鱼游得更欢了。

猪八戒戏写明信片

猪年将至，猪八戒成了大忙人。有请他讲学的，有请他题词的，有给他发请柬的，也有给他打电话的……猪八戒真有点应接不暇。他也确实尝到了作为名人的滋味。可他又不得不应付，以免让人说他摆他的猪架子。但他又实在应酬不过来，怎么办哪？猪八戒立耳一想，有了！干脆买上一摞贺年卡，祝朋友们猪年好运，也算猪八戒向朋友们表示一点真诚心意。

猪八戒很快从邮局买来一堆明信片，然后往转椅上一坐，便挥动猪豪毛笔，在明信片上写起了从猪八戒心里发出的赠言。现摘录数条如下（请注意，有盗版者，老猪欢迎）——

祝你猪年别吹牛，实干苦干日子流肥油

猪年别再狗咬狗，弄一嘴猪毛啥用也没有

猪年可别狗撵猪，免得糊里又糊涂

猪八戒娶媳妇——自己背着走（彩礼不要）

猪年可别卖注水猪肉，坑人坑己没意思

祝你猪年收入丰厚，厚得恰似肥膘肉

别提着猪头上贡——庙门不开

把猪嘴伸得短一点，别四处乱吃

老猪最讲究实实在在，少弄弄虚作假

猪八戒照镜子——貌丑心灵美（谁也别说我里外不是人）

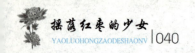
猪鼻子插大葱——别制造假象也别推销冒牌货

猪八戒倒打一耙——那是过去。从此后俺老猪明人不做暗事，两眼向前看

猪八戒和孙猴比，该服气就得服气

防虎头蛇尾，还要防猪头猪尾。愿猪年头肥尾更肥……

猪八戒刚写至此，孙悟空忽然从门外溜了进来。猪八戒直怪孙猴打断了他的思路。只见孙猴将笔夺过，又续写一条：谁敢再腐败下去，小心他老猪一耙，提防俺行者一棒。

关于"节节节……"的请柬

【山花节】

我县山花烂漫，并有花县之美名。因此我县将举办第三届山花节。我们将以花为媒，广交朋友，以吸引资金，振兴花县。山花似美女，美女胜花多。热情欢迎你光临山花节（有鲜花相迎，还有厚礼相送），请先生莫失良机。

山花节组委会

【蝴蝶节】

我乡蝴蝶成群，漫山遍野，素有蝶乡之称。因此，我乡将举办蝴蝶节。我们将以蝶为媒，广招天下贵客。真诚地希望您到蝴蝶节观光。蝴蝶爱野花，人们爱潇洒。请你来吧，何不潇洒走一回！……

蝴蝶节组委会

【泉水节】

我县山泉多,有人称泉县。泉县将于本月8日举办泉水节。泉水节不是泼水节,但比泼水节更热闹。我县将投资百万举办首届泉水节,请您务必前来捧场。

泉水节组委会

【猫节】

名人多爱猫,养猫胜做操。我乡出好猫,猫节明天到。举办猫节为什么?为了把一切吃人粮的老鼠全捉掉。猫节请您来相会,相信你不会被猫吓一跳!

猫节组委会

【服装节】

鸟美在羽毛,人美在服装;马要配好鞍,人要好衣裳。众所周知,我县服装美名扬。为了你我他(她)更漂亮,我县将举办第五届服装节,并将在节日期间举行招商引资活动。欢迎你光顾,欢迎你穿我县的西服,穿我县西服你将有不老的老板风度;穿我县彩裙,将让你的青春永驻。来吧,女士们,先生们,服装节欢迎你!

服装节组委会

【美食节】

中国有句流行话:"吃了吗?"答曰:"吃了。"对,在这一问一答中,包含着一个食文化,为了弘扬食文化,我县将举办美食节。美食节一定让你大饱口福。欢迎你来美食节。另外,我县将再建三个美食城,欢迎你来我县投资。

美食节组委会

【楼外楼节】

万丈高楼平地起。近几年，我县靠新思路和大手笔，在祖祖辈辈只长小麦和玉米的土地上，建起了一片片高楼和一座座别墅。为此，我县将举办楼外楼节。此节期间，将以优惠价格，出售一万套普通楼房和一百座高级别墅。请你光临楼外楼节（注意，你如投资一千万，将奖励一套大三居；你如协助售房18套，将赠送你一套）。

楼外楼节组委会

【车节】

天上没道，脚下有路。人，都离不开一个"行"字。何为"行"？总靠双脚总是不行。因此，就离不开一个交通工具。基于此，我县将举办首届车节。车节期间，将有几万辆的各种轿车、卡车和自行车云集县城，并优惠出售，特邀你光临车节。

车节组委会

【情侣节】

我县有一处桦树林，白桦像白净的少女穿着白色的衣裙。为此，我县将在白桦林举办首届情侣节。情侣节特邀请你光临。情侣节之浪漫，将令你流连忘返。白桦林中不但有天然的山洞石堂供情侣们尽享野趣，还有人工帐篷和钻山铺，把情人带入甜蜜的梦乡。来吧，有情人终成眷属！

情侣节组委会

【倭瓜节】

刘姥姥有句开心话："花儿落了结个大倭瓜。"谁曾知，我乡有瓜乡之美名。我乡瓜个儿大，如歌所唱"瓜儿磨盘大"。为扬我瓜乡之美名，并以瓜为媒，吸引资金，我乡将举办倭瓜节。特邀请你参加（注意，倭瓜节可不是傻瓜节，你如不来，可就成了大傻瓜，因为在瓜节期间，将赠你一对倭瓜，还有很诱人的其他）。

倭瓜节组委会

【狗节】

如今流行狗，好狗何处有？好狗在我县，我县好风流。为此，我县将举办狗节，并将以狗为媒，广交天下朋友。在狗节开幕式的主席台上，将有你的一席位置，并特为你送一条价值约10万元的狗作为礼物，且有狗肉席狗肉宴和狗不理狗肉包子等着你（并欢迎你投资到我县，我县将建一座狗园，以供游人参观）。

狗节组委会

纸钱

老人死了——死在清明节的第二天。儿子和儿媳痛哭不止，哭得全村人都跟着掉眼泪。

老人的后事，自然由儿子和儿媳料理。山里人死后可以土葬，所以翌日太阳刚出山便开始出殡了。在小山村里，那送殡的人流可谓浩荡，足有百十口子。

撒纸钱儿的是一个小姑娘，名叫贞贞，她是老人的孙女。她挎着一个小荆条篮子，里面装满了纸钱；走一步撒一把，山路上撒了一层层白花花、圆溜溜、中间挖了孔眼的纸钱；同时也撒下了贞贞一串串热乎乎的泪珠子……

树上的杏花是白的。树下的纸钱也是白的，贞贞的发带像是个白蝴蝶。

许多人都在哭，有真哭，也有假哭。

喜事、丧事都怕闹事。可偏偏在送殡的途中，贞贞甩手不干了。一篮纸钱还没撒出一半，她竟拽着妈妈的衣襟："妈，你撒吧，我不撒了。"

"为啥？"这下妈妈可急了，直瞪着闺女说。

"假的，我不撒了。"

"胡说，敢不撒。你爷爷白疼了你。"

"哼，爷爷，我爷爷他……"

贞贞说不下去了。她记起一件往事，爷爷老了，挣不来钱了。那次，爷爷对孙女说："贞贞，你爸做不了主，跟你妈说，给我两元钱，我买口吃的……"贞贞对妈妈说了，但妈妈竟分文不给。爷爷知道后叹息道："唉，人世的钱不该我花了，就等去花带眼儿的钱吧……"当时贞贞问："啥叫带眼儿的钱？"爷爷说："纸钱呗。人死了都撒纸钱。"贞贞又问："那钱能花吗？"爷爷苦笑着说："唉，活人蒙死人呗……"

贞贞想到这里，再也不想撒纸钱了，只觉得嗓子憋得难受。这时，妈妈又催促闺女："快撒，傻丫头，这是给你爷爷送钱呢。"

贞贞听得不耐烦了，说："骗人，这钱能花吗？能买吃的吗？能买用的吗？我爷爷都进了棺材，还能上哪儿买东西去？爷爷活着时，要两元钱，您都不给，可现在……"

贞贞的话没说完，就挨了妈妈一巴掌。

恰在此时，刮来一阵旋风，把半荆篮纸钱刮得满天飞舞，把树上的杏花也刮得纷纷飘落……

送殡的人流依旧缓缓向前。

贞贞大叫了一声："爷爷！"

作家送书

　　飘然苦苦写了十年小说。飘然的小说终于出版了。小说出版了，自然令飘然有几分飘然。飘然生在艺县，长在艺县。艺县有史以来，只出过一个出书的人，那就是飘然。飘然没少把书送给别人，但大多人对此并不以为然；只有一个好心人劝他说："也把你的书送给大人物看看，比如，咱们的县委书记，他看了你的书，说不定会重用你的……"

　　飘然听了此话，好不欣然。飘然一夜未眠。第二天早晨，他便飘飘然给万书记送书去了。

　　到了县委大门前，站岗的把他拦住了。

　　头一次把他拒之门外，他又去了第二次，第三次……到了第九次，经过登记之后，他终于进了县委大门。进了县委大门之后，他竟又有几分飘然。他想，这么个县委大院，也没半个出过书的人，我飘然捧着砖头般的小说去见县委书记，何不飘然？

　　飘然见个人就问万书记在哪屋办公？所有的人都回答说，让他去找办公室。他终于找到了县委办公室。办公室的人正在看电视。他说他找万书记。起初没有人理他，后来有一个尖嘴猴腮的刘同志叼着红塔山问他："你是什么人呢？敢公然来找万书记？"

　　飘然说："我是贸然了。"然后又说了他的身份和来意。谁想，刘同志半分愕然也没有，只冷冷地说了一句话："万书记出国了。"

　　飘然有几分失望，问道："万书记什么时候回来？"刘同志答："一个月以后吧。"

　　飘然只好扫兴地走了。

　　一个月之后，飘然又来了。来了之后，便又问那个刘同志："万书记回来了吧？我找他有事。"

刘同志说："万书记病了，过半个月再说吧。"

"万书记病了，什么病？"

…………

飘然又走了。

半个月后，飘然又来了。又是那个刘同志接待了他。刘同志说："万书记到市里开会去了。"飘然说："我等他一下，好吗？"

刘同志说："你找他到底有什么事啊？"

飘然说："还是送书的事。"

刘同志冷笑着问："你出过几百本书？"

"我，就出过这一本。"

"我还以为你出过几百本书哪！闹了半天，就出过一本！告诉你，琼瑶都出了快两千本书了，万书记都没工夫看几本；连贾平（娃）凹的《废斗（都）》我都不看，谁又拿你那本书当一回事哪！叫我说，以后你干脆别来了。万书记日理万机，不会接见你的。你要是实在想和万书记显摆一下你那本书，可以放到这里，回头我转交给他……"

飘然听了这话，扫兴极了。他冷冷一笑，二话也没说，只起身默然离去。

飘然下楼的时候，再也不飘然了。

飘然回到家里，望着那一堆让他包销的书，长叹了一口气。

飘然的眼前闪过那个叼着红塔山的刘同志。飘然又一阵恶心和愤然……

桑塔纳

白福庄出了一件不大的新鲜事：大队书记买了一辆小卧车。这小卧车在泥水交加的村路上转了一遭，就没影儿了。两位在村头聊天的老汉望着那卧车远去的身影，谁也说不清那车到底叫什么名字，为此，两个人争论不休：

"你知那小车叫啥名儿？"

"嘿，谁不知道啊，叫王八盖子。"

"你说去吧，那叫'桑卡那'……"

"没听说有这么个车名儿，我听说有叫'桑达那'的，那是大官儿坐的车……"

"'桑达那'也不对，你说的可能是'桑他那'？"

"管它啥'那'哩，你说，这车得多钱吧？"

"超过五万去？"

"说去吧，八万也不给你……"

"八十我也买不起，我也没那屁股……"

"你那屁股是不够格儿。"

"他那屁股就够格儿？"

"他是大队书记。"

"大队书记就该坐小王八盖子？"

"这话你问我哩？你咋不问问那大队书记去？"

"我是准备问问他，可我老也摸不着他。"

"咋摸不着？他是老虎屁股，不敢摸？"

"我说的是摸不着。这你也知道，早先，他住在村里，可他那小楼盖得太高，我腿脚老了，上不去；再说了，他养了三条大狼狗，我怕咬了我；现在听说他又在县城买了楼，天天坐着小车，到大队遛个弯儿，又溜了……你说，我上哪儿找他去？"

"你个老朽木，找他有啥事？"

"我想问问他……"

"问他啥？"

"问问他，咱们村有多少贷款？"

"那还用问，我早给说你了，四百万。"

"这话得他告诉我，你说的，我不信。"

"爱信不信，不信你就问他去……"

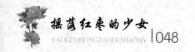

"我是得问他，你打我不敢问咋的？"

这天下午，那辆紫不溜溜红不唧唧的卧车又从水泥交加的村路上"唰唰"地开了过来——哪料，小卧车遇上了"红灯"。那两位老汉横挡在路上不让走，非要问问那大队书记村中到底有多少贷款，还想顺便问问这小王八盖子到底多少钱，到底叫什么"那"？大队书记坐着它，天天跑什么？……

小卧车直鸣喇叭。车中的那位姑娘烦得直往出啐唾沫。大队书记似乎很胆怯地从车里钻了出来……

第四辑

柿子又红了

YAOLUOHONGZAODE

SHAONV

遗憾

隗主任要退休了。开欢送会时，隗主任有几分难过地说："要退休了，我也没什么好说的了；我只是有一点小小的遗憾……"

听到这里，杨副主任赶忙问道："隗主任，你有什么遗憾哪？"

柳副主任也问道："有什么遗憾就说嘛……"

隗主任扫视着全办公室所有人员，一时没吭声。

这时，人们都七嘴八舌说道。

朱科长问："你有什么遗憾哪？"

马科长问："你有什么遗憾哪？"

鹿科长说："有何遗憾，你说呀。"

熊科长说："对，有啥遗憾说出来……"

花科长说："何必要把遗憾装在心里。"

叶科长说："把遗憾说出来，才痛快……"

司马科长说：……

欧阳科长说：……

隗主任再次扫视大家一眼，然后把目光落到小成身上；与此同时，他的眼前闪过小成昨晚给他送去的两瓶"西凤"和两条"中华"。这东西他不想收，可还是收了。他从心里怪小成，为何不早些日子看望他？偏偏等他要退休了，说话不顶用了再看他？……唉，小成这份意思他可怎么答谢哪？而话说回来，他又觉得小成这人真够意思，早一天也不看他，但等他退休了再看他……

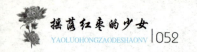
隗主任想到这里，忽然说："至于我有什么遗憾，那就是……唉，怎么说呢？大家知道，咱们这个办公室，一共十八个人，十八个人，有一个主任，四个副主任，还有四个科长，剩下的是副科长……主任科长不少了，但还有一个白点，那就是小成。我遗憾的就是，没把小成也提为副科长……"

人们听了隗主任的话，很惊讶又不很惊讶：哦，原来隗主任的遗憾在这里。

这时，小成也说了一句话："我也有几分遗憾……"

隗主任马上冲小成说："小成，别再表白遗憾的话了。我会求新的主任弥补这个遗憾的……"

开会

付主任往沙发里一坐，喝了一口磁化杯里的水，然后冲着诸位男女说："今天咱们开个小会，有几个小事说一下。事虽小，以小见大。首先，咱们睁眼看一看，这屋里的电源插座儿，有没有闲着的？没有吧，全是充电的剃须刀。这个问题不大，可也说明了一个大问题，那就是：我们有没有必要节约用电？我们的剃须刀为什么不在家里充电，而偏偏天天到单位来充电？这叫不叫占公家的便宜，说大一点，叫不叫损公肥私？咱们身为机关干部，应不应该从小事做起，以防止腐败现象的出现？……"

下边有人交头接耳，"咻咻"冷笑。

付主任加大了嗓门，板起面孔说："不要笑，而要注意。并且，我希望大家，是希望啊，不是绝对，以后不要到单位来给剃须刀充电……"

"丁零零"，有电话响。刘科长抓起花筒，"哼哼哈哈"了一顿。然后低声冲付主任说："付主任，您夫人来电话了，说是她想到医院去看病，让咱们找个车，您看，用哪辆车合适？"

"就那辆桑塔纳吧，这点小事也来问我。"付主任有几分生气地说。

"好，"刘科长点头哈腰，"我马上去叫司机，出车……"

付主任又继续开会，说："上面说了电的问题，下面的问题还与电有关，就是电话的问题。最近我发现有个别同志动不动抱个电话，没完没了地打，可实际上，公事并不多，对此，我也请大家注意，没大事和要紧事，尽量少打或不打电话。为什么哪？就是为了减少电话费开支。好家伙，上个月，咱们干了3600元电话费。这哪儿受得了啊。……"

有人敲门。还没等人请，一位少妇便飘然站在了门口，冲着付主任说："姐夫，你出来一下。"

付主任抬起屁股，就大腹便便地跑到门外去了，似乎是没好气看了他小姨子一眼，问一句："有啥事儿啊？"

"姐夫，你找的那帮装修的人，老是磨洋工，太慢了。"

"哎呀，还没装修完？"付主任想了想说，"这样吧，你去吧，你去饭店号两桌饭，给那装修房的哥几个洗洗尘。标准别高了，600元一桌……"

少妇说："你报销啊，我可没钱……"

会开完了。付主任走了。

剃须刀仍然插在电源插座上，电话里依然在谈论着今天的晚饭……

死鼠轶事

为了迎接县卫生检查团的到来，乡里足足忙活了一个礼拜。贴满白瓷砖的办公大楼，用八根水管子冲洗了三遍，这是大活儿；还有一些不起眼的小活儿，也就是被遗忘的角落，也不可小视。比如，有人爱随手抛个烟头儿，这烟头儿得捡净，按规定，发现一个烟蒂，是要扣一分的。扣一分是小事，

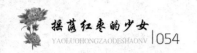
拿不上卫生红旗，影响了奖金，事儿可就大了。

说到烟头儿，还有一位为此立功者。那人叫小袁。上次查卫生，检查团在机关大院中行走，忽然有个小伙子一步奔了上去，然后就不动了。这人就是小袁。胡乡长瞪了小袁一眼，小袁和乡长做了个鬼脸。事后才知，小袁"奋不顾身"奔上前，是把一个烟头踩在了脚下面。否则，这烟头被检查团发现，就必然得扣分了。为此，领导奖励了小袁。前几天胡乡长还特意找到小袁，让他在这次卫生检查中，多多留神，以防"不测风云"。

早九点，检查团一行便来到了乡机关大院。在一楼小会客厅吃了些西瓜，喝了一点芒果汁，便开始检查了。

闫团长个不高，肚子不小，但走路还不慢。他带了一群男女，一步步上着楼梯！

楼梯擦洗得够干净了，几乎一尘不染！而"不测之风云"，也就在这楼梯间发生了！闫团长正扬着脖儿，从二楼奔向三楼的时候，忽然，有个女同志惊叫了一声："哎哟，耗子！"

闫团长的脸色已经变了，但他克制住了。胡乡长犹如挨了当头一棒，但他还是若无其事地赔着笑脸。检查团又向三楼爬去。

奇怪的事情又发生了。在三楼的楼梯间，又发现了两只又肥又大的死耗子。两只死耗子相隔不到半尺远，一只露着白肚皮，一只露着灰脊背儿。看那样子，刚死过去时间不长。

好几个人都惊讶了。好几个人都傻眼了，只望着死耗子发愣。

闫团长的脸变了，说了一声："怎么搞的？"

这耗子让所有人都大大的不愉快。中午的酒也没喝好。那酒似乎有浸过死耗子的味。

乡里对此事自然不会轻易放过。因为这死耗不但丢了乡里的卫生红旗，丢了不少年终的奖金，更重要的，也丢了好几个头头的脸面！为此，专门开了两次会，会上说，一定要查清耗子的来源，一定要狠狠地处分责任人，决不手软！

查了几天也没结果。这时，小袁再也沉不住气了。他找到胡乡长，说明了耗子的来历。原来，小袁的办公室兼宿舍中老有耗子出没。在卫生大检查的前一天晚上，小袁偷偷撒了一包耗子药，惦着把那几只老耗子毒死，也好为卫生检查再立新功。结果极为奏效，好几只耗子就死在了卫生检查团的面前……

胡乡长听了这话，肺都要气炸了！他"啪"地一拍桌子，怒道："你吃饱了撑的！你要不把那耗子毒死，它们会在光天化日之下出来现眼吗？你呀你！非罚你奖金不可！去，马上给我写检查！……"

小袁灰溜溜地走了，还直说："我也是弄巧成拙……"

那以后，乡里的好几个头头见了小袁，就像见了死耗子那般讨厌……

夕阳下的牧羊老汉

白老汉逾古稀之年，顶着一头白发，放着半群白羊。指望用这白花花的白羊，换回白花花的银子。养老靠这小半群羊，供孙子上大学也需要这半群羊。白老汉自有其乐呵与奔头。老了老了却爱唱一嗓子——"牧羊姑娘放声唱……"其实，白老汉的处境里是没有多少歌的。老伴儿因病走了，给他留下了小两万元的饥荒；孙子考上了大学，算是他最引以为自豪的事了，可儿子和儿媳却没能力供孩子上学，孙子的学费就冲他那半群羊说话了。眼下他是房有三间，地无一垅，羊有半群，光棍儿一人。他的乐趣和苦恼都在这半群羊里了。他原有二亩多地，而今那地被高尔夫球场占了，他就在球场边，望着那球场里无边的草坪放羊。按规定，球场边是不让放羊的。他只能偷偷摸摸去放羊，常有被人追赶着、让他离开此地的事，但他还是放羊。他讲话，不放羊干啥去？为了还老伴儿撂下的债，为了供孙子上大学，他说他只能放羊了，他到死也离不开牧羊鞭了。他的牧羊鞭很奇特，一边是鞭子，一边还带一个小铲子，铲儿巴掌大小，那铲子是用来兜石子，轰羊用的。羊跑远了，他就用那小铲拣一个石子，兜起来，然后向羊跑去的方向一抛，他嘿的一声，那石子嗖的一下，啪一落地，羊就乖乖地回来了。照他说，他那叫打高尔夫球，他是跟打高尔夫球的人学的这一手。这一手轰羊很灵啊。他就那么时常望着高尔夫球场，在夕阳下放他的三二十只黄不唧唧的、臊不唧唧的白绵羊。有时他还望着高大的杨树唱一嗓子"崖畔上开花崖畔上红，受苦人过上了好光景"的歌哪。

那日黄昏，白老汉刚刚牧羊归来，便有辆开汽车的人问他卖不卖羊。他心说，正想卖几只羊呢，有人上门来采购，何不趁机会出手，还省得自己赶集卖羊去哪。于是，白老汉便喜滋滋卖了五只羊。过罢秤，还帮着人家装进车内。开车的人说："老爷子，给您钱，一千零八十元，嘎嘎新的票子，点点吧您哪。"

白老汉接了票子，高兴得一时就不识数了，只觉得厚度可以，且沉甸甸的，不禁满脸堆笑，冒出一句："嘎嘎新的票子，点它干啥？我孙子正愁学费呢，正好用它给我孙子交学费。你们两位，回见，慢走啊。"

这时，两位买羊人已开车远去，一溜烟地跑了。

白老汉直兴冲冲奔小卖铺而去，打算买一瓶二锅头酒喝喝，自己留个零头，把剩余的一千就全给孙子交学费了。哪料，到小卖铺才知，那一摞钞票，有十张都是假币，连号都是一样的；只有那八十元钱是真的——白老汉立时傻眼了。他撒开老腿，打算去追那买羊的人。追了半天，才知那两条老腿，追不上四个车轮。夕阳下他攥着那一沓假币叹息着，自我安慰着，闹了半天，这钱是假的。假的就假的吧，反正我的羊是真的。唉，就当我用这一千元钱看了病吧。多亏家里还有十五只羊，没卖哪！他将那假钞向空中一抛，夕照里那假钞似乎比真币还富有诗意。他眼瞧着一张假币随风飞到不远处的高尔夫球场里去了，但那个球童似乎没看见，而正在接受一位像是大官的小费。

夕阳就红得有点可怕了。但白老汉依然笑着，笑着用牧羊铲兜起一粒石子，狠狠地向远处抛去，并叫了一声，回来！……

一个获奖少女的信

启开信封，打开信纸，我的眼前出现了三个清秀的字：

高大哥：

…………

多么陌生而又亲切的称呼啊！是谁来的信？啊，是她——郭早红。一个十五岁就获小小说奖的少女。

我记得，开发奖会那天，人们都把艳羡的目光投向她。我也打量了又打量。她穿着红上衣，牛仔裤，身材苗条、匀称，乌亮的短发，白嫩的脸蛋，黑闪闪的大眼……她望望我，又向别人打听我，然后走到我跟前，天真地问："高大哥，你是怎么写小说的？"

听她这么称呼我，我心里很热乎，说："这，不好说。"我笑了，"你呢？"

"我也不好说。"她也淡淡一笑。

后来，我又风趣地对她说："你父母见你得的奖金，一定会乐开花的。"

"肯定很激动呗。"她说，"这篇稿子最初发表在县里的小报上，才给了两元钱，爸妈都对我另眼相看了。何况这回获了奖呢？可我想不到，会给我这么多奖金。"她又微微一笑，"看着这钱，我都有点害怕似的……"

郭早红说的都是心里话。那次获奖会上，她并不显得很得意。不管是照相机对着她也好，录像机对着她也好，她总是微红着脸，不言不语的很文静。后来，我看见一个编辑向她去约稿，她惶恐似的说："我不会写什么……"

"你不是都获奖了吗！"那个编辑说。

…………

后来，我和她一起参加了两次文学青年会。她，依旧是黑黑的短发，白白的脸蛋，红色的衬衣，蓝色的牛仔裤……看上去，活像一枝含露的花朵。

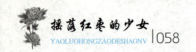

她依然叫我高大哥。她的话语里隐约透出了她的不安和苦恼。

那次会后，我被调到报社当了编辑。伏案看稿的头一天，我就给她写了一封约稿信，并有几句"神童"、"才女"之类的奉承话。想必她会高兴的。哪料，我接到的竟是这么一封信！

高大哥：

很对不起。让我写一篇小说给你，确让我为难了。说心里话，我并不会写小说。我那篇获奖小说原来是当作文写的。老师看着好，就给我加了工，推荐到县小报；县小报编辑又给我润了色，推荐给晚报……后来它获奖了。这是我想也不敢想的。高大哥，如果说获奖那会儿我还有点高兴的话，那么现在，我却感到很苦恼。

你知道吗？获奖后，我在学校的地位变了，在家的地位也变了；不少人都叫我作家，我也为作家而奋斗。除了作文课和语文课，我对其他课都很反感。由于严重偏科，我的学习成绩大大下降，写的小说也很难发表。尽管时常接到约稿信，我却为此烦恼，甚至感到生活没有什么意思。都怪我出了个小小的虚名。

高大哥，我想对你说：我根本不算一个作家，我只是……个小学生。我现在唯一需要的是踏踏实实地学习……"

另外，高大哥，我准备改我的名字，如果十年以后我真的成了作家的话，那绝对不会是现在这个名字！

我看着这位获奖少女的信，心潮起伏着……

柿子又红了

柳乡大院里的柿子似乎在一夜之间都红透了。一个个摇曳在碧叶里，像一颗颗小太阳，真逗人。

这天，有一个小姑娘出现在大院里，仰脖望着树上的柿子，许久……

乡长从柿树下走过，小姑娘叫了一声："叔叔，我想摘一个柿子吃……"

乡长看也没看小姑娘一眼，只摆手说："那怎么行！快，到外边玩儿去。"

乡长走了。小姑娘失望了。啊，乡长莫非已不认识她了？三年前，不就是这个人举着小姑娘，让小姑娘摘树上的柿子吗？而今，这人却不愿看小姑娘，头扬得那么高，真让小姑娘扫兴！她，只好走了……

三天以后，小姑娘又来到了这个大院里，柿树依在，树上的柿子却一个也不见了；但只见，绿叶之间偶尔有一两片红叶，小姑娘又望着树上的红叶久久地出神——她又想到了三年前柿子树下的情景……她忽闪着大眼，望着树上的叶子……

这时，乡长正好走过，小姑娘赶紧又说："叔叔，我想摘一片红叶行吗？"

乡长站住了。打量着小姑娘。

"摘红叶干吗？"乡长问。

"给我爷爷当书签用。"小姑娘答。

"你爷爷是谁？"

"他是……"

乡长惊讶了，啊，他怎么就忘了？三年前，这小姑娘的爷爷是乡长！这大院里的柿子树，都是小姑娘的爷爷嫁接的……而今……

想着，乡长忽然说："小姑娘，回去告诉你爷爷，我晚上去给他送柿子……"

这时，天边出现了晚霞……

雨后青山

东山对着西山，两山之间是一沟绿油油的梯田。东山有一个放羊的小伙，西山有一个放牛的姑娘。两山相对无言，两人也相对无言。

放牛的姑娘叫丁香，还是高中生哩。毕业后就为自家放牛，还爱在山上写诗。

放羊的小伙子叫大青。丁香写诗，他又羡慕又嫉妒，有时还故意捣乱，扯着嗓子瞎喊："嘿，嘿，别写了，牛跑了……"

丁香赶忙抬头望，牛没跑；她斜了西山一眼，又写上了。牛在山坡上"咯咯"吃草；她，在桦树下"沙沙"写诗。

大青见丁香写诗，真有点脸红，他也曾经产生过写诗的念头，还弄了本唐诗选，带到山上来。

这天，天上长满了钩钩云。大青和丁香像往常一样各自放牧，丁香又在树荫下写上诗了。

大青眼巴巴地望着对面山头上的丁香，竟叹息了一声：唉，人家比我强。想着，他忽然惊叫起来："哎，丁香，牛跑了……"

牛果然跑了。丁香起身去追，不小心脚下一滑，摔了个屁股蹲儿。

大青不禁幽默地说："嘿，把诗也坐回去了吧。"

丁香气鼓鼓，有气没处撒；追上牛，抡起棍子就打，并喊道："让你跑，让你跑……"

大青又笑着说："怕跑，给你放木头牛得了——不用放，骑在牛背上写诗就行……"

丁香气急了，冲东山喊道："就写。"

"写吧，下午准让你成'湿人'。"

大青天生爱耍贫嘴，惹得有些姑娘讨厌。丁香虽然和他一个村，放牛却不愿和他一面坡。可大青放羊算个内行，而且会观云测天。刚才他说让丁香成"湿人"，果然，下午真下开了雨，把丁香淋成了"落汤鸡"，缩在树下打哆嗦；再看牛，没影儿了。林密草深，人一过，露珠哗哗落；上哪儿找牛去？她皱着眉，望着雨后的东山，只见大青高高地站在山石上，"啪啪"地甩着响鞭……

丁香望着大青，总算和他说话了："大青，你往这边望望，能不能看见我的牛？"

大青高兴了，脑瓜一转，来了主意，伸长脖子冲西山喊："这还不行，我给你拦牛去可以，可你得应我个事。"

丁香找牛心切，所以甜甜地问："啥事？"

"教我写诗。"

丁香听了，不由发出一串朗笑，笑声震得露珠"噼啪"直落，打得花草忽忽悠悠，然后说："你也想写诗啊？"

"咋，不成，别小看咱们哥们儿，咱能甩羊鞭子，也想耍笔杆子，不会学吗，你教教我，行不？！"

丁香说："好咧，以后咱们干脆到一面坡上放羊、放牛。"

第五辑

那长长的发辫

YAOLUOHONGZAODE

SHAONV

农家日历

爸爸买来一花篓子好吃的。

莉莉高兴地围着花篓子转——像一只翩翩起舞的大蝴蝶。

花白胡须的爷爷拄着龙头拐杖，颤巍巍地走进来。

莉莉扯着爷爷的手说："爷爷，您看，这一大篓子好吃的。"

坐在炕沿上的爸爸吸了口烟，说："莉莉，给你爷爷拿吃的。"

爷爷望着墙上的"日历"，气呼呼地说："别拿，我不吃。"

爷爷说不吃，可孙女不干，拿起东西，一再让爷爷吃："爷爷，您吃点点心吧？……"

"不吃。不爱吃甜的。"

"爷爷，那您吃苹果？"

"不吃，牙口不行。"

"爷爷，那您吃啥？"

爷爷瞪着大眼，望着那一花篓子花花绿绿的吃的，颤抖着山羊胡子，说："出了回门，光买了些吃的？"

爸爸笑模悠悠地说："嗯，快阴历年了，买点年货；好容易有点钱了，不吃干啥？……"

爷爷听了，山羊胡子又颤动了一下，又斜了一眼墙上的日历——那是什么日历哟。一张发黄的信纸上，密密麻麻地写着"初一……十五，谷雨……白露……"在落满尘土的墙上，静静地爬着……爷爷指点着"日历"，说

道："就知道买吃的，连个看日子的也不买，哪儿像个过日子的人家呀。都啥年月了还拿这当日历？不嫌寒碜。哼，混日子哩。哼，快把它取下来，给我买个日历挂上……"

爷爷说完这句话，连续咳嗽了几声。

爸爸显然是震动了一下，说："爹，可也是啊，有了钱，我光顾吃喝了，咋就连个日历也舍不得买呢？别急，今年说啥也得买个日历……"

莉莉拍着小手，跳着说："爸，再买一个大花挂历，挂到墙上……"

"等着，明儿买去……"爸爸说。

爷爷一听这，颤动着山羊胡子，笑了……

新衣

"姐，让我穿穿吧？"

"过年再穿。"

"我先试试。"

"吃了饭再试。"

"不，你不也穿着好衣裳？你不把好衣裳脱下来，你也臭美。"

我去北京回来，给弟弟买了一件童装夹克。一进门，他就闹着要穿。他呀，就知道缠人，我不让穿，他老围着我，还拉拉扯扯的，气得我想打他两下子。但，我这个比他大六七岁的姐姐，又不忍心打这个调皮的弟弟。再说，他的心情我也该理解呀。说也是，以前我们家日子过得穷，从没给我弟弟买过新衣裳。今年春节前，家里让我给弟弟买了件十几元钱的夹克。买上了，我不让穿，他哪儿干哪？他这人哪，就是有个缠人的毛病。所以，我只能让他试试。

弟弟穿上新夹克，当然漂亮多了。他一连蹦了几个高，还拍手叫着："我穿上新衣裳了，我穿上新衣裳喽。"他在新做的大立柜前一个劲儿地照镜子，还问，"姐，好不好？"

"好，看把你美的。"我疼爱地拍了弟弟一下。

"就是美。"弟弟手舞足蹈的样子。

"快把你美疯了。"我又好气，又好笑。

弟弟又跳到炕上，翻了几个跟头，把被垛都弄翻了；可俺妈也不说他，俺爸也只是笑，俺哥也看着好玩儿。

"唉，俺小儿子都十一了，还是头一回穿这么好的衣裳哩。以前，不是穿哥的下剩，就是穿姐的，这回……"

"妈，你别老叨叨了。"我说，"快准备吃饭吧。华子，你也别耍猴儿了，先把衣裳脱下来吃饭。"

"不，我不脱。"

"先脱了，别弄一身油。"

"我，不吃饭。"

"你咋不吃？吃了饭学习。"

"学啥？姐，你给出个词，我造句吧。"

"行。"我平常总爱给弟弟出词，让他造句。今天又随便说了一句，"你用'崭新'造个句子。"

"唉，这还不好造，我穿上了崭新的衣服。"

"再用勤劳造一句。"

"更好造，我们家的人勤劳致富，挣了好多钱，给我买了新衣裳。"弟弟笑着，又来劲了。"再用'欢欢喜喜'造一个啊。""我穿着新夹克，欢欢喜喜地看电视去……"说完，弟弟打了个立正，一阵风似的跑出去了……

"华子，吃了饭再去。"俺妈叫着。

"不，我先看电视去……"

"咳，看啥电视？臭美去了。"我笑着说。

那长长的发辫

　　谁也不愿发生的事情，终于发生了。大花得知这个不幸的消息后，悲痛欲绝。她那一头黑油油的大发辫披散着，像撕碎的黑云。

　　他和她，当年曾是一对小牛倌。他们时常骑着一块卧牛石，脸儿对脸儿，背对背地看书、说话。那个名叫二愣，可并不愣的小伙子，也不知是淘气，还是好奇，有一次竟伸出手去，想摸一摸大花那条黑花蛇似的大发辫。那辫子真好看哪，在蓝天、白云、绿柳的辉映下，更加显得迷人。二愣不由自主地把手抚摸到那红头绳下的辫梢上，谁知，大花耳根子一红，头一甩，说："干啥你？别摸。"

　　"想摸摸。"二愣红了脸说。

　　大花跳下卧牛石，站在那里说："想摸，摸牛尾巴去；摸我，可不是时候。"

　　二愣笑着，问："多会儿才是时候啊？"

　　大花望着草地上的牛说："等咱俩都成了养牛万元户。"

　　两人在一起放牛真叫悠然。绿绿的柳叶变黄了，然后开始凋落。在一个秋叶已经落尽的早上，二愣和大花说了一件让她震惊的事。大花呆了许久才说："好多人都不报名，你咋这么傻？"

　　"可没人当兵，也不行啊。"

　　"当兵？那你不想当万元户了？"

　　两人相对着，许久无话。大花止不住抛出了几颗泪珠子。然后说："那就去吧。牛，我先给你放着。"

　　二愣真的要当兵去了。他找到大花，想说点什么，可又不知说什么。大花像是看出了他的心思，说："想摸，你就摸摸我的辫子吧。"

　　谁知，二愣竟呆住了。他不好意思去摸那心爱的辫子了。过了好长时间，他才说了一句："等我回来再摸吧……"

大花呀，她怎么会想到，二愣再也不会回来了。他，已把年轻的生命献给了祖国母亲。

二愣当兵期间，经常给大花来信。每当大花捧读寄自边疆的信时，总被二愣的真诚所感染，并从心底佩服二愣的文采。有时，竟不由笑了说："这个二愣，还会写诗哩！"

"你的黑发辫
连着我的心
我保卫着祖国
也思恋着亲人
你的发辫真叫长
连着家乡和边防……"

大花看了这诗以后，真恨不得飞到二愣的身旁。有时，她在低语："等着，让你摸个够……"

可是，二愣再也不会摸到大花的发辫了。

夜里，大花将两条发辫重新梳理好，扎了红头绳，然后拿起一把剪子，对着镜子剪了下来。星空下，大花点燃了她的发辫，而后冲着西南方喃喃自语："亲人，把我的辫子给你……"

卖书姑娘

也许就因为她的腿——才得到了这样一个美差——在文化站办的小书店里卖书。这个工作是文化站的胡站长给她找的。

她，是一个走路一支一点，甚至说是一扯一拉的拐姑娘。她走路虽然不用拄拐杖，但那姿势也够别扭，够难看的。她痛心地想：我哪儿也好看，就是走路的样子不好看。于是她梦见她化作了天鹅，化作了山鹰，化作了一个极其健美的姑娘——她伴着胡站长飞翔、起舞……啊，她想到哪儿去了？她好一阵脸红。

天知道，她是喜欢上才貌双全的胡站长了。但她从无明显的表示。当然了，不是说她在站长面前显得麻木。相反，她是想讨站长之爱的。比如，她天天早上换一身衣服；她尽力克服拐的走路姿势；她在站长面前说话更甜润三分。作为一个售书员，她以为是蛮合格的。不过，她的这一切举动，并非讨好站长，以怕辞她，而纯是为了讨站长的喜欢。

胡站长到底喜不喜欢她哪？她还不能做出判断。经过了几百次思想斗争以后，她终于把一个纸条夹进了一本书，而后推荐给了胡站长。胡站长打开书，首先映入眼帘的是四个清秀的字，外加四个也许是有点多余的问号——

"你爱我吗？"

胡站长看了纸条，心咚咚跳了好一阵。然后，又镇静下来，回敬了她几个字："对你，我说不上爱，只是同情，所以才让你来卖书的。"

第二天，她看到纸条后，心碎了。她在纸条的背后，颤颤地写了几个简短的字："是吗？那我走了……"

胡站长看完纸条，还没有醒过味来，而她，早已经拖着一条残腿，一支一点地走了……

胡站长有一股强烈的失落感。想叫住她，但没有叫出声来——叫什么哪？又是出于同情吗？可她似乎并不需要……

一个月后，她奇迹般地自己开了个小书店。胡站长得知后，惋惜地叹道："这个姑娘，真有两下子……"

不该撕掉的信

我都催了三次了，让妻子给弟弟回封信，因为收到弟弟的信已多日。但是，她老是推辞，说："过了一日再写吧。"

"等什么一日。"我有气了说，"你连买张邮票的钱也没有了吗？！"

"嘘，小声点儿，让妈听见。"她欲捂我的嘴。

"写！"我又发了一道"命令"。

"写，写……"她笑吟吟令我不好再动肝火。

在这个家里，发号施令的是我，而干事的却是她。结婚两年多了，除了上班，我连一盒火柴也没买过。她上班除外，还得干许多里里外外的家务。其中包括给我的亲朋好友发信。而这一次，该写信了，她却不写，什么原因？是不是生我弟弟的气了？

自从我有了儿子以后父母就随我来城里住了。一边看孩子，一边养老。这样，我就得支付两个人的生活费用。而我们一共哥俩，按理说小弟也该给点儿。但是，一连几个月，他分文不给，只在信上做个说明："本想寄些钱去，但因我买了几十只羊，实在钱紧……"前些时的信依旧没少这个原因。对此，我也不是没看法，可我原谅了小弟。想必他是想先当万元户，后当孝子的。没钱寄也没关系。我是完全能够养我父母的。于是，我把信的大意说了，让她给弟弟回封信，嘿，她总算写了这封信。信之所以没封口，是因为得经过我审查——我拿出信封，抻出了里面的信瓤儿，啊，里面除了一封叠成长方的信外，还有一个空白的汇款单……我一下子愣住了，这是什么意思？

明白了，我全明白了。她——我的妻子分明是在搞着一种并不聪明的"战术"。就像当年她给我写情书，而迟迟不回，以讨我回信一样……我被她往信里夹汇款单的举动激怒了，我不允许她在我们兄弟之间制造感情障

碍。想和我弟弟要钱，干脆直说，何必用空白汇款单提醒。太小人气了。我第一次发现她还是这么一个会点"弯弯绕"的女人。

想着，我一股无名火起，"哧哧啦啦"把没看的信连同汇款单撕了个粉碎，撒在地上……

纸屑还没落尽，她已经跨进了门，两眼直直对着我，问道："干吗把刚写好的信扯了？哪点儿不对，你可以更正……"

我依然火气冲天，怒道："告诉你，少来这一套。想跟我弟弟要钱，直说。夹汇款单干吗。他寄得起钱，也买得起汇款单。他刚成家立业，想搞养殖业，咱们不能资助他，还和他要钱？……"

我连珠炮似的说着，可是妻子并没急，而是带着三分笑意说："哎哟，我的作家，你理解错了。那汇款单不是向弟弟要钱的，而是给他寄钱的——他买羊怕还得借钱，咱们哪能再和他伸手。明天开支了，我准备给他寄三百元，支持他干事业，才事先备好了这张汇款单……"

啊，原来如此，望着我撕了一地的碎纸片，我一时间真不敢看妻子一眼……

鸟魂

我这个人高马大的男子汉，却天生喜欢个小鸟；但那鸟到了我手里，总是寿命短。儿时，不知玩死了多少鸟，现在想来，依旧怀念那一只只五彩斑斓、尽情歌舞的鸟。成家立业后，一时顾不上那些鸟朋友了；到了今年秋天，才又与鸟结伴，真是乐在其中。

掏两张十元大票，买下一只相思鸟。这个南方来的小客人，长相姣好，动作敏捷，叫声好听，确实招人喜爱。尤其当我归来或外出时，它总是"嘟嘟噜噜"，多情似的送我一串欢迎和送行的鸟语。我时常提了它，与小儿同去草地，悠然一番。谁知，这鸟忽然之间就自己死在了笼中。几日里我十分悲痛，但那鸟是再不会向我说半句令人宽心的话了。

我望着那相思鸟，像望着一朵凋谢的花，泪，几乎要涌出我的眼眶了。黛玉葬花，我葬鸟，我把那相思鸟埋在了院中的山楂树下，也埋在了我的心头上；我想鸟，鸟会想我吗？

秋日里，山楂红了。望着那红色的山楂，我似望到那鸟儿红艳艳的羽毛；它小巧的身躯化作了粪土，肥了那山楂树；那山楂能不红吗？那相思鸟啊，它没白来一世。

山楂红了以后，我又买回一只故乡的鸟，俗名叫山和尚，学名叫松鸦。这鸟不但个头儿大，羽毛也花哨；特别是那翅膀下的两抹羽毛，比那蓝宝石还美丽，比那花孔雀还好看。而且，松鸦又会学个猫儿狗儿叫，还会学人说话。它叫唤不总是一个腔调，见了我，叫声："爸爸爸……"见了妻，叫声："妈妈妈……"见了小儿，叫声："哥哥哥……"到了晚上，它会叫："喵，喵……"那意思也许是让我把它提进来，小心猫叼了它去。我烦闷时，它总是"喳喳"地叫，脆生生，像喜鹊叫一样，也许它在为我报喜，为我驱赶忧愁吧。

我爱它，可我却满足不了它的食欲。它不爱吃素，爱吃肉；而我，又有多少肉给它吃呢？平时，总给它白菜吃，它时常甩一地白菜屑，不吃；如开恩，给它一小块肉皮吃，它便吃得津津有味。吃前，吃后，都要甜甜地给我道"谢"。它如此懂事，我更喜欢它了。

有一天晚上，我又把它从屋外提到屋中，它没叫：待我定睛看它时，不禁大吃一惊：它已经悄悄地死去了，死于1993年元旦前三天的晚上。我的心凉了。我把它取出来时，见它的两眼依旧睁着，嘴儿也还张着，也许它是在期待我添食的寒风中，因饥寒而死的。果然，它的身体证实了我的判断：它的身上，似乎只还有一架骨头，一把羽毛了；也正是那羽毛的掩盖，才让我忽视了对它的供给，才把它饿到如此地步……我好一阵难过，我对不起它，我把它关入笼中，只想着它美丽的身影，听它动听的歌声，却怎么就没多给它一小块肉皮吃呢？永远让我内疚的朋友，我的松鸦，你能够原谅我吗？

松鸦死了两天之后，我依旧不想把它扔掉。见小儿玩橡皮泥，我突发"灵感"，于是将那松鸦的羽毛拔下几簇来，又与小儿要了块橡皮泥，然后，把一根根漂亮的羽毛插到橡皮泥上；一会儿，那块橡皮泥便成了一朵盛开的花，一只打开的扇，一只欲飞的鸟……

元旦之日，家里又多了一件绝妙的工艺品，它是我的松鸦的羽毛变成的。望着那工艺品，我似乎又望见了那松鸦美丽的身影，听到了那悦耳的鸟叫……是的，松鸦的肉体死了，可它的灵魂呢？蓦地想起了一句名言"鸟美在羽毛"。

鸟的部分羽毛化成了工艺品，变成给我留下的永久纪念；其他羽毛包括鸟的躯体，埋在了那棵山楂树下。望着树下的几星残雪，我想到了来年的春天，那春风习习，山楂开花的季节，那时，山楂树上也许会招来几只鸟儿，去呼唤它们失去的伙伴和我失去的朋友的。可我的松鸦呀，它不会再归去，也不会再归来，它只能把山楂树陪伴了。

啊，我又想到了山楂红了的秋日……

春光书店

夕阳向莺莺做了个鬼脸，一头扎进了柳林里。满天的柳絮飘啊飘，像她的思绪一样乱。

晚霞的余晖，映红了她那披散的黑发。她靠在一棵柳树上，闭上了大眼睛，两行热泪从她眼角流出……此时此刻，莺莺真觉得生活对于她已经失去了芬芳。

刚才挨了妈的一巴掌，妈还用那么难听的话骂她："你天天出去浪跑，外面有你的魂儿……"

莺莺想说：她没跑。她是觉得待着没意思，到书店去看书了。她简直不愿意离开那书店，不愿意离开那个卖书的小伙子——柳丛。

柳丛，一个不爱言语，高个儿、大眼的农村"待业青年"。考大学落榜后又心血来潮写开了小说。可写了两年没发表一个字。他为之苦恼。可不写小说，又没啥事干。上社办工厂，他又没路子。想来思去，他竟借钱办起了个体小书店，而且一开张就闹了个满堂红。他憨厚地笑着，迎接着一个个买书、看书的顾客。要说书店里的常客，那得说是莺莺了。

莺莺时常站在书店的柜台外面，睁着一双水汪汪的大眼睛看书。不知有多少次直看到夕阳染红柳梢，她才恋恋不舍地离去……

柳丛不爱说话，莺莺话也不多。可他们彼此之间却产生了好感。柳丛钦佩莺莺的强烈求知欲。莺莺一来，他就热情地说："来了，看什么书？"他从不问莺莺买什么书。他知道，莺莺不会有多少钱。当莺莺看完书，还给柳丛的时候，过意不去似的说："谢谢你！"柳丛憨厚地笑着，真诚地说："别客气，明儿还来。"

多甜的话呀。"明儿还来"——莺莺一想到"明儿"，心里那叫甜。她满足地离开了书店。当太阳又升起的时候，她又笑盈盈地来了……

莺莺一天不去书店，心里就发空；柳丛一天不见莺莺来书店，心里也空荡荡的。

书店，莺莺的心里时刻都装着那个书店。三间红砖瓦房，绿柳围着瓦房荡漾；一块雪白的牌子挂在柳树上，上写四个大字：春光书店。这四个大字啊，映着朝霞和晚霞，映着阳光和月光，吸引着多少人前往。更强烈地吸引着莺莺这个好学的姑娘。想到春光书店，莺莺就感到生活更美好、更充实了。她离不开这个书店。可她哪里想到，妈妈竟反对她上书店，还骂她"浪跑"。打她耳光，说她吃闲饭……一个大姑娘，哪儿受得了这些。一时间她似乎觉得无路可走了。家里不好待，她该上哪儿去呢？……

她靠在柳树上，望着西天边那几抹最后的晚霞，不禁长叹了一声——她真有点绝望，然而，她的眼前很快又闪出了希望之光；她的眼前又出现了春光书店里的小伙子——柳丛。

姑娘的心，有时比霞变化得还快。刹那间，她想出了一条自以为可行的

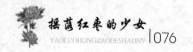

去路，于是，她甩了一下长发，朝着垂柳掩映的路走去——一直奔向了那个春光书店……

第二天，春光书店多了一个卖书姑娘……

第三天，春光书店的柜台上有一对年轻的脸凑在一本刊物上喜悦地看一篇小说——那是柳丛的处女作……

第六辑
推迟的约会
YAOLUOHONGZAODE
SHAONV

摇落红枣的少女

秋天的枣熟了，红艳艳似星星闪烁。晓雨家院子里那棵枣树很不老实，树枝与树梢探到墙头外面，枣树很招过路人眼馋。

"哗啦啦——"枣树上似刮过一阵风，"噼里啪啦"，三五颗大枣蹦到路上。一个少年走来，他停住脚步，想捡地下的枣，又犹豫不决——忽听一串银铃似的笑，吓得少年要跑。紧接着又是脆生生一串话语："捡哪，捡枣啊……"

少年抬头一望，墙头里，枣树下，一张少女的脸含着笑，水灵灵如含露的花骨朵儿。

没有风，这枣子无疑是这少女用手摇落的。少女又说："捡哪，捡枣啊……"

少年弯下腰，捡起几颗枣，枣子在少年的手心里闪着光泽。他一直发愣。少女像问小孩一样问他："枣大吗？红吗？甜吗？"

少年直点头。

少女笑了，露出俩甜甜的酒窝。

一日，一位老太太拄着拐杖，从枣树下走过，忽又听一阵"噼里啪啦"响，七八颗枣落到老太太的小脚面前。老太太停步仰望，枣树下一张少女的脸甜甜地冲她笑，并说："捡哪，捡枣啊……"

老太太会意，弯腰用干柴般的大手捡起了枣，然后咧着豁牙嘴儿，冲枣树下的少女笑。少女又像问小孩一般问："枣大吗？红吗？甜吗？……"

老太太把一颗枣填到嘴里，一劲儿说："甜，甜，甜……"

少女甜甜地笑了。

又一日，一个小伙从枣树下路过，少女又"噼里啪啦"摇落十几颗枣。小伙儿一愣，抬眼一望，只见那少女的脸似明媚的月亮，又透着枣的红晕。小伙儿一时不知说什么好。少女赶忙说："捡哪，捡枣啊……"

小伙儿捡了一把枣，呆然。少女又问他："枣大吗？红吗？甜吗？……"

小伙儿的眼里汪了两泡泪水，不语。

小伙儿想起来了：十年前他与这位少女上这棵树上摘枣吃，少女从树上掉了下来，摔折了一条腿，从而成了架拐杖的残疾人；从此时常被父母锁在院子里，一个人孤零零守着一棵枣树……

晓雨望着拿枣的小伙儿，她本来也想哭，可她却对小伙儿说："你哭啥？不许你在我们墙根下哭；要哭，你就走吧。"

小伙儿愣了许久。小伙终于走了。

晓雨一时很伤心。她想问一句："你捡的枣不甜吗？不甜别捡哪。"

但，她终于没问。她想，小伙儿吃那枣的时候，会品味出其甘苦……

秋风阵阵。树上的枣都红了。晓雨把那一树枣都摇落给了过往的行人。树上只剩下金灿灿的叶子了。晓雨一阵疯狂，摇得树叶纷纷落下……她想这树叶落了，新叶也就快出来了，枣花也就快开了，枣子也就快红了。到那时，她还把红枣与笑声摇落给能够正常走路的人们……

粉红色连衣裙

我和她结婚三年，竟没有顾得上回一次老家。今年七月，总算有了一次回家的机会。于是，我们带着儿子，高兴启程了。到了京城，在我姐姐家打了一个过站。哪知，就在这"站"上遇到了一个难题——我姐对我妻的穿戴不满意。在彩色的人流里，姐姐指着她的背影，不客气地说："太土了。"我一看，也是不够"洋"，尤其那条大灰裤子与五颜六色的裙子比，很不协调，但我又觉得妻子只能穿它，可我姐姐不干，要带她去买一条连衣裙。

到了百货大楼，我姐一眼看中一条粉红色连衣裙，并一再要给我妻子买。可她说什么也不要，只是摇头说："穿不出去。"

"怎么穿不出去，你穿上保证是样儿。"

"那也不买。"

"为什么？你非得捂一条大裤子。"

我听到两个人争执，就上前去让妻子走开，别在柜台前瞎吵吵。离开那个柜台后，我姐生气了，她直埋怨我妻子，并说了几句半开玩笑半认真的话："我弟弟领你这么个土媳妇，简直丢份儿，看上去不配。"还说什么，我妻子与这个夏天，这个城市比都不协调。我知道，姐姐说这一切，无非是想劝妻子买那条粉红色连衣裙，可我也深知妻子的难处，买连衣裙干什么用呢？穿上它回京西那条小山沟，怕不适宜；穿上它去京东，我妻子那个有五十余名妇女的单位，竟没有一个穿裙子的——她怎么穿得出去呢？！

我把这个理由说给了姐姐，她有几分好笑。她说，她不信如今这个年代，还会有人责怪女人穿裙子。她一口咬定，还得让我妻子买那条裙子。并说："好几年不回家，还不穿好点儿。土里土气多不好。"

"也许到了老家，就不显土了。"妻子说。

姐姐死说活说，总算把我的心说动了。再看看妻子，也确感她是"土"了点。做丈夫的谁不愿自己的妻子打扮美丽一点呢？于是，我掏了钱，下了"令"，让妻子买一条粉红色连衣裙。

到了我姐家里。妻子换上了那条粉红色连衣裙。姐姐、姐夫全说够意思，就连小儿子都指指点点说："妈妈好看，好看……"

我望着穿裙子的妻子，也觉得比穿大长裤子顺眼多了。虽然不够苗条，但够丰满、白净的妻子，穿上这粉红色连衣裙，恰似一枝亭亭玉立的荷花。

第二天，我们回到了一别几年的那个京西山村——我的老家。在进村之前，妻子要把裙子脱下来，换上裤子，以免山里人见怪，哪料，我们还没进

村，就见有十来个穿着各式各样裙子的姑娘，正嬉笑着，飘飘然在草地上拾杏。她们的裙子与我妻子的裙子比，显然阔多了。我妻子再也不为那一条裙子感到扎眼和别扭了。还情不自禁说道："哎哟，山里的丫头们，打扮得比山花还美，比山外姑娘还洋……"

月夜，有颗闪亮的星

大星都二十五岁了，对象还没影儿哪。可他生就不着急，不发愁。人家晚上约会谈恋爱，他呢，又是老差事，抱着撩顶下巴颏的报纸，穿俩大白球鞋，踏着如水的月色，乐颠颠儿地走街串户去送报。

"小云，拿报……"

大门里飘出一个姑娘。她正是小云。小云是个报迷，还往报纸上写过稿哪。只是有点清高，不愿理会那些只会挣钱、打扑克的小伙子，对大星倒有个笑脸儿。只是这些天来，一见大星，她的白脸爱红上一阵。大星也不知道她的脸为啥红。

这会儿，小云从大星怀里抽出一张报，又随机把一个雪白的信封丢到大星抱着的报纸上，说声："给我发封信。"

说完，小云扭身儿又进了大门。

大星用嘴唇叼起信一看，啊，没有地址？于是，他直喊："哎，没写地址……"

小云气得探出头来，冒出一句："傻瓜！你不会给写上……"

大星一愣，似乎明白了什么，又颠颠儿地送他的报纸。好像这报纸就该他送似的。

好几年前，大星就迷上了报纸。收工后，不吃晚饭，就钻到大队部去看报，他爸气得直损他："报纸都看饱了，还吃啥饭。"

他理也不理，两张烙饼卷一棵大葱，吃得津津有味。吃着，他说道："爸，我找了个事干。"

"啥事，深更半夜你有啥事？"

大星自鸣得意地说道："嘿，美差。"

大星说完就走了，他爸叫了三声也没把他叫回来。他一头闯进了大队部，抱起一大堆报纸就要走，并咧嘴笑着说："书记，这送报的任务归我吧。"

荣庄大队订了七百多份《北京日报郊区版》，家家一份，可报纸到了大队堆成山，好多人看不上。于是，大星说了他的心思：他吃完饭没事干，待着没劲，愿意义务给各户送报纸。大队书记应了他。从此，他送开了报纸。

看，他又抱着一摞报纸，穿双大白球鞋，一家挨一户给人送报去了——报全部送完，只剩下那一封白皮信了。他看看四周没有人，便站在路灯下，把信打开了，上面只有几行字："大星，我真喜欢你这个'小邮递员'——从下星期开始，咱俩一块儿送报，好吗？——小云。"

大星看了此信，激动得直捂胸口。这时，他爸叫了他一声："回家吃饭吧，星……"

那会儿，北斗星都亮晶晶地出来了。

晚霞

今天他没来。望着天边那几朵红艳艳的晚霞，我有几分淡淡的惆怅。他为什么没来呢？此刻，我的眼前又闪现出他那苍苍的白发，红红的脸庞……

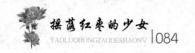

他怎么会不来呢？我想他会来的。

以往，每当夕阳染红影剧院前的杨树梢，他就喜盈盈地来了；来了就往剧院门前一站，认真地帮我收票。

今晚，电影又将上映。我一个人站在门口，迎接着川流不息的观众。有的观众望望我，问："老头没来？"

是啊，大多观众都认识"老头儿"。因为"老头儿"天天用笑脸迎接他们。见到成对的情侣，他还时常感叹一句："你看，搞对象的都是小年轻儿的。"

听了此话我觉得好笑。搞对象可不都是年轻人，哪儿有大老太太大老头子搞对象的。这话我当然没有必要说出来。只顾收票。他也只顾笑吟吟地收票。

我收票是名正言顺的；而他，却是自愿效劳，分文不取。可这，他还求之不得地说："我没老伴儿了，儿女也不在身边儿；一人孤单，想来你这儿找个乐子，帮你收收票。"

我点头了。从此他一天不来，或来晚一点，我都有点失落感。而今，他干吗没来呢？

我紧张地收着票。忽然，一只熟悉的大手伸到我的面前，手里抓着一把糖和两张票。我抬头一看，是他？白发苍苍，脸色红润；在他的身后还站着一个四十多岁的妇女，说声："这是我的老伴儿。"

怎么，他今儿结婚了？

第二天，他没有来，也许因为他有了老伴。第三天，竟又冒出一个花白头发老头儿来，冲我说的几句话，和他说过的话极为雷同："我没老伴儿了，儿女看我又不顺眼；我和你收收票，也找个乐啊……"

我一时不知说什么好了。我望着天边那几朵红彤彤的晚霞……

找

　　当初，他来过这里一次；而今，他又来到这个小镇上。几年不见，小镇更加繁荣。就说饭店吧，街两旁是一家挨一家，什么"满意"、"如意"、"顺意"，历历在眼前晃动，令人眼花缭乱。然而他寻找的不是饭店，而是书店，不但是书店里的书，还有书店里那个姑娘。那个一笑俩酒窝，走路轻飘飘的姑娘。

　　他找了好久，但还是没找到。莫非他记错了，这里本没有书店？不，他明明记得很清楚。

　　那是一个细雨沙沙的夏日，他踏着泥泞的路走着，长途汽车得两小时以后才来，他不愿荒废这时光，想买本书看，于是，他冒雨找书店。忽然，他眼前一亮，四个大字红光闪闪：柳镇书店。他像在黑夜里看见了光明，大步跨进书店。那一层层书令他目不暇接。书丛中晃动着一个轻盈的姑娘，在给几个中学生拿书。他不顾身上的雨水，只管凑到柜台前去看书，那神情有几分痴呆。姑娘见他书生气十足，就上前去问他："你买什么书？"

　　"你给我拿这本看看。"一翻目录，再舍不得放回去，买了；又拿一本，又要了；又拿……他一连买了九本书。姑娘笑了，一笑俩酒窝，说："你可真能买书。一天多碰上你这么几个书迷就好了。"

　　他听了姑娘的话，憨厚地笑笑，心里热乎乎的。他问一句："这书店，是你个人开的？"

　　姑娘说："刚开张俩月。谁知赚不赚钱啊？"

　　他看看姑娘，想说点什么，但又没说什么，只说了一声："走了啊，你忙吧。"

　　"好吧，还来。"姑娘目送他走进沙沙的雨中……

而今，他又来了，却不见了那家书店。他有几分茫然地寻找；偶尔也打听一句："同志，柳镇书店搬迁了吗？"

对方含混地答一句："是搬了，还是关了？说不清。倒是老有人打听书店在哪儿……"

他表示过谢意，又去找。

终于，他找到了书店的地址。然而，眼前出现的不是柳镇书店，而是"发发发"饭店，他抬脚走了进去。他一眼发现高高的一大摞油饼前站着一位姑娘，浑身油乎乎的。他一眼就认出来了——这不是那个卖书的姑娘吗？心跳了一阵，他下意识地问道："同志，你知道这书店搬哪儿去了吗？"

"书店？"姑娘有几分不耐烦，"早关张了。"

"干吗关张了？"他急切地问一句。

"赚钱少呗。不关等啥。"

姑娘显然有些冷漠，没有笑，当然也没有那俩酒窝。他怅然若失，一时说不出半句话。

姑娘望着他，蓦地，像是想起了什么…

推迟的约会

他干吗还不来？

她焦躁。她期待。

柳，那婆娑的柳枝拂动着她美丽的头发，秀气的脸蛋，雪白的连衣裙，婀娜的腰肢……她，好一个芳龄少女。她，是柳林中学的高中学生。她爱上了一个同班同学。那小伙儿学习真棒，真帅气，真机灵。她每当想起他，就把什么都忘了，可谓爱得热烈、深沉。今天早上，她把一张纸条递给了他，上写：中午放学后，在柳林镇外第七棵垂柳下等我。我有心里话想对你说。千万！切切！

放学后，她买了四个面包，半斤香肠，两瓶汽水，并有意拖了一会儿时间，才骑车赶到第七棵柳树下。真让她失望：树下没有他，只有一片斑斓的树影……她叹息了几声。她围着那棵柳树转了一圈又一圈……她留下了一串杂乱的小脚印。她那神态，活像一只被拴在树上的小白羊。

等，她在等他，而且是那么焦急，真盼他一下子出现在她面前；真想……啊，她甚至想到如果能抱他一会儿亲他几下才解气。

然而，他干吗还不来？

她东张张，西望望。她又去抚弄那柳枝，那黑亮的眼睛一闪闪，那白嫩的手指摸着青青柳叶，像是摸着他的心。真是"一寸柳，一寸柔情"。

但，他却迟迟不到。

她生气了。于是，她掏出了一把小刀，准备把三个字刻到树上：我爱你。然而，她却在树身上发现了一张纸条，一张新贴上去的雪白纸条，定睛一看，上面写道：你如果爱我，五年以后再来此树下约会，行吗？……

看完纸条，她瞪大了眼睛，呆住了。

这时，她听到了一串上课铃声……

柳条青青，拂动她青春的面容姣好的身影……

写在桦树皮上的小说

两个月前，我们小山村竟冒出了一位文学青年，而且是个长相不错的姑娘，又是个牧牛女。她写了一篇小说，让我给提意见。我一看，不禁感叹：啊，真是才女！没经过她同意，我就把小说"推荐"给晚报编辑。小说寄出一个多月，就变成了铅字。她看到自己的处女作，那喜眉笑眼的样儿，比在镜子里看着自己这个如花似玉的少女还高兴。

那天晚上，我又在小桌前写着，她悄悄推门走进来，苹果脸上堆着红云，她不好意思地说："你这有稿纸吗？我用几张。"

"有，有。"我大大方方地把我托人捎来的一本稿纸递给她，"全拿去吧。"

"不，我用不了这么多。咱们这儿偏僻，买纸不方便，你留下点备用吧。"她认真地说。

"拿去吧，我还有。争取再写出一篇好小说。"我笑着说。她也笑了，笑得很美。她深情地望着我，望着稿纸……

我的纸全给了她，我可好一段时间没纸使，只好用桦皮。用桦皮我也情愿，可有一件事让我不满。我和她哥在山上放羊，见她哥哥用红方格稿纸卷烟抽；那口袋里，还塞着好厚的一叠……我这气可真不小。我把纸给了你，你不用它写稿，倒叫你哥当卷烟纸……真是……姑娘家，就是不行！写了个小短篇儿，瞎猫碰死耗子，刚发表了一篇豆腐块儿，就要辍笔、封笔了？……不写，别要我的稿纸呀。可好，让我闹纸"荒"。我这么想着，就对她产生了不满，觉得没必要对她抱希望了；知音难寻，还是独自好好写吧……

那天晚上，她轻手轻脚地来到我的小屋。手背在屁股后面，脸上带着稚气和神秘……哼，二十岁的大姑娘，出什么洋相。我只当没看见她，只顾猫在小桌前，看我的稿子——写在桦皮上的小说。

"又打搅你这个大作家了。"她风趣地说。

"不敢当。"我冷冰冰地说了一句。

"你又写什么？"

"没写什么。只在桦皮上瞎写了一篇东西。"我有意把"桦皮"两字说得过重。

"你也在桦皮上写小说了？"她很惊喜，又很内疚，"都怪你把稿纸给了我。可我没用上——我哥这个人，真不懂事！我哥把你给我的稿纸，全裁了卷烟纸。说真的，气得我直哭。我想了一篇东西，但没处写，只好也写在了桦皮上……"说着，她把背在屁股后面的手拿过来，递过两张裁得小簸箕一般大小的桦皮，那皱皱巴巴的桦皮的正面，写满了密密麻麻、清秀的文字……

我双手接过那一面发黄，一面发白的爬满皱纹的桦皮，激动地看了起来。那一刻，那些桦皮上的一行行文字真的像小溪一般在我眼前和心中荡漾。看完那写在桦皮上的文字，我的眼眶热乎乎的，有点按捺不住热泪的流淌。

我慢慢地抬起头，两颗泪珠，滴答一声，打在桦皮纸上……

我不由得叫了一声："你，真有才华。这小说写得太好了，太好了；可惜，这么好的小说，写在了桦皮上……"

"这，已经不是第一次了。告诉你，放牛的这一年多来，我一直在桦皮上写，写了许多许多……"

她很平静，可她的话，却有力地撞击着我的心。我大胆地望着她，此时她显得那么美丽而富有光彩，像一株亭亭玉立的小白桦。我这个小羊倌，恨不得拉住她这个牧牛女的手——这双会摇赶牛的鞭子，也会摇笔杆子、爬格子的手！

"这篇写在桦皮上的小说准能发表！"那一刻，我在兴奋之余显然是说话就带上了诗的味道，"写在桦皮上的小说，一字千金。此刻我看到了那白桦林，那白桦树上长满了眼睛，那眼睛就是读者的眼睛，读者的眼睛都期待着看你的小说，你就好好写小说吧。这一篇小说，我保证一个月以后就能发表。"

她用扑闪闪的大眼睛看着我，笑吟吟地说："要是发表了，得了稿费，我就用这稿费全买了稿纸，就不在桦树皮上写小说了……"

我说："其实，即使稿纸也是桦树做的。将来你出了书，那些书上的文字，等于还是写在桦皮上的小说……"

她又笑了说："你又在作诗吧？我看，能成为作家的是你，不是我。"

我大胆地说："让咱俩都成了作家吧——借助白桦树的志气，借助桦皮转动的运气、释放的灵气。"

伞伞伞（同题小说三篇）

【雨中的伞】

一列墨绿色客车徐徐开去，顶着满头沙啦啦响的细雨。小站上，刚刚下车的十几个男女，叫骂这个"鬼天气"；也有人后悔早上没有带把雨伞，顶着雨走七八里地，得湿个落汤鸡。

雨伞，倒是有人带的。看，站台东头那个穿一身咖啡衣服的小伙子，撑开了一把雨伞——那雨伞倒像是一朵花，把不少"蝴蝶"招去——先是一个年轻人去求情："哥们儿，你这伞给两人遮雨没问题；借借光，可以不可以？"小伙子站着，四处寻觅，只说一声："对不起。"想借光的年轻人竟骂了一句："哼，真够小气，咱带雨走也湿不死，等着，把你的伞借给大姑娘吧，嘻嘻……"

那年轻人的话未落地，还真有一个穿水红衣的姑娘，轻盈地向打伞的小伙子飘去——多像一朵荷花呀，如果在那荷叶似的伞下，会多么有诗意。是的，她正是去借伞："哎呀，同志，行个方便，借伞用用怎么样？我……"

小伙子望着那水葱似的姑娘，还真想把那伞借出去，可是，他忽然又改变了主意。雨中，一位白发苍苍的老太太，正一劲叹息……那小伙子冲姑娘说了一声："对不起。"然后，大步流星，举着雨伞，朝老太太跑去……

老太太的头上，撑开了一片绿。

那小伙子的头发却早被雨淋湿……

老太太正不知如何感激，那红衣姑娘跑了过来，叫了一声："奶奶。"

哦，这白发老人竟是红衣姑娘的奶奶。这事闹得那举伞的小伙子很不好意思。

雨，沙啦啦，淅沥沥，白发老人头上的雨伞比一片荷叶还绿……那红衣姑娘不时望一眼那个把雨伞让给她们的小伙子，心头荡起一层层涟漪……

【树下的伞】

林村团支部组织青年义务挖育林坑。说是义务挖，挖多了却有奖——挖够一百个坑的，奖给一把"自动伞"。

说到伞，柳晴就想到了他的女友月艳——假如给月艳一把雨伞那是多么好的礼物啊。倒不是柳晴不愿给月艳买一把伞，而是觉得奖励的伞才有意义。柳晴快三个月没到月艳家去了，这回去时，若是给月艳带把伞，多好。为了这个美好的愿望，柳晴拼了命似的，在荒山上挖开了育林坑。他披月色，顶烈日，斩杂草，刨乱石，劈荆棘，胸背烤得流油，虎口震得裂口……但，他却觉不出累来——因为他的心里有片绿树，有把花伞——他想象着，如果月艳撑着那把伞，会有多美。下次给月艳的礼物没有别的——伞。

然而，让他失望了。尽管他拼了命地挖育林坑，却只挖了九十九个，仅仅差一个就够一百个了，而正因为差一个坑，就没有得到那把自动伞。他的心情就像只因一分之差，没考上大学那般。他怅然若失，心中空落落的。打算把育林坑挖完，去女友家看看，这回也没脸去了似的。

恰巧，这一天，月艳从山外来到山里，看他来了。见了月艳，他不知说什么好。后来，就把他挖育林坑"挣"伞而没挣着的事告诉了月艳。月艳听了，甜甜地一笑，若有所思地说："一把伞倒成了你挖育林坑的动力，有意思；不过，得伞不该是唯一的目的。你为想得到的东西付出了，也就乐在其中了；你卖足了力气，这种傻劲也够可贵的了。再说，你挖了九十九个育林坑，如果长出九十九棵树，不就是九十九把'伞'吗。那可要比一把伞珍贵，美丽多了。你说，对吗？……"

月艳说着，从提包里抽出一把伞，"啪"地打开了。高高地举到柳晴的头上，说："给，我奖励你一把伞。看看你的脸，挖了十多天育林坑，都晒黑了。"

一时间，柳晴感动得半句话也说不上来。

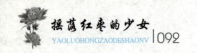
红雨伞下的一对恋人，脸儿更红了。

【山洞伞】

刚刚还是响晴的天，忽然就阴云笼罩，忽然就淅淅沥沥下起雨来。

下起雨来，可就急坏了山涧路上的一对男女。那男的叫阿山，那女的叫阿水。两人都是嫩嫩的二十岁出头。

雨点打在了阿山的脸上，阿山说："哎呀，下雨了。"

雨点落到阿水的脖颈里，阿水说："哎呀，下雨了。"

这两句话其实多余，因为他们不说下雨了，也是下雨了。后来的担心却有些道理。

"你带伞了吗？"阿山问。

"你带伞了吗？"阿水问。

阿水摇了摇头，说是没带。

阿山心头竟一喜，这可好了，也是给了我一次机会，他欲点头，却又摇头了，他望着雨中的阿水，愣了，雨中的阿水比一朵荷花美丽得多了。望望手中的大提包，他极为不自然地说一声："坏了，我也没带伞。"

阿水带了哭音说："那可咋办呢？"

阿山却说："不碍事，拐过弯去有个山洞。"

拐过一个小弯，前边的山路边果然有一个山洞。两人就冒雨钻进了不大也不小的山洞里。那洞里倒是个不错的避雨所在。

雨依旧哗哗啦啦下着，大一阵，小一阵，没有停的意思。山洞里的两双眼睛向洞外望着，望着那细细长长密密麻麻的雨柱，望着山洞外的一簇簇荆花还有几枝红艳艳的山丹花。那阿水是发愁了。怪那雨为何不住？时间到了后半晌，到家却还有近三十里山路，前不着村，后不归店的，可咋办呢？冒着雨走，又怕山雨把人激坏喽。阿水叹息一声："真是，出门时带把雨伞多好。"

阿山却并不发愁，望望那大提包，想说什么又没说，只说一句："怕啥，人不留客天留客。"

天就要渐渐黑了。雨依旧沙沙啦啦下着。

阿水说："干脆，冒雨往回走吧。"

阿山说："那还行，不是十里八里，再避会儿雨。"

后来山洞里就燃起了一堆火，很亮很热。

后来，两人就依偎在了一起。

翌日，朝霞红红的，太阳红红的。那山丹花更是红红的。可这一切的一切，都没有阿水的脸红。

他们又赶路了。阿水又说："带一把伞多好，要有一把伞，也不至于住一宿山洞。"

阿山笑了说："你不觉得这山洞里的一夜很有意思吗？"

阿水的脸又红了。阿水说："破天气，非下雨。"

阿山拉开提包的拉锁儿，抽出了一把自动伞，打开了，像一朵大大的荷花。阿山说："给你，阿水，伞。"

阿水愣了。阿水说："昨个儿你咋不拿出来？"

阿山说："那山洞里不是比伞更能避雨吗？"

第七辑
作家与编号的鸡蛋

YAOLUOHONGZAODE

SHAONV

气筒子

　　老门卫并不老，但大多人都叫他老门卫。人们都说，他算是自在透了。早上，他把两扇栅栏门一开，当那"唰唰"的一辆辆小车开出去之后，他便挥动着一杆竹扫帚，"唰唰"地扫院子；待那接人的小车"唰唰"地开回来之后，他的院子扫完了。到了晚上，小车"唰唰"地把当官的送走，又"唰唰"地开回来，把车倒进车库里……老门卫这时便可以关大门了，他一天的任务似乎也到此交差了。老门卫为有这么一份美差而悠然，但他也有自己的苦恼。

　　且说大福乡124名机关干部，有小车坐的，也仅有24名，其余百名"大军"都属骑自行车族。老门卫的苦恼就出在这群骑自行车的男女干部身上。这些人动不动就推着亏气的自行车，去和老门卫借气筒子；借气筒子又没气筒子，于是，就闹了一肚子气。骑车人推着瘪带子，嘟嘟囔囔没好气；老门卫见人家打不上气，拿他出气，也满肚子委屈。

　　门卫室里本有一个气筒子，后来用坏了；可人们总以为那气筒子没坏，一旦车没了气，还是找老门卫去借气筒子。老门卫一般极为和气，但有时也烦不唧唧地说："明知没有，还来借。"

　　"这气筒子就应该有。"

　　"没有咋着？我也不会下气筒子。"

　　"不会下，也不会买？"

　　老门卫一时无语。一溜三辆不同颜色的小车"唰唰"地开了出来，他赶

忙让道，并示意那给自行车打气的人，别再说不好听的。

老门卫这天晚上没睡着觉，就因为那个破气筒子。天亮时，他的眼前也一亮，心想，何不找找"头儿"，买个气筒子。

早上，他"唰唰"地扫完院子，正好碰上接书记的"蓝鸟"，"唰唰"地开进来，他倒会抓时机，待那书记刚从车内钻出来，他赶忙凑上前去，说了买气筒子的事，书记气得只问了他一句话："这点小事儿也找我？"便愤然而去。

他闹了个没脸，但没灰心，恰巧碰上总经理的"伏尔加"，"唰唰"开来，他又不失时机，赶忙上前，说明"要事"。总经理烦透了，但还是回答了他一句："找乡长去。"

下午，他总算把乡长"堵"到乡长室。乡长听了他的话，依然烦极，说："你呀，也不看看我多忙，要账的追得我没处躲没处藏的。因为个气筒子，你还来找我？现在汽车烧油都快没钱买了，还有钱买气筒子……"

老门卫一听，泄了气了。这时，一辆"桑塔纳""唰唰"地倒到了乡长门前。乡长该回家了。

第二天，老门卫自己掏钱，赌气买了个气筒子。

第五天，老门卫被精简回家。原因是：他人老了，不活泛了。从此，机关大院里再听不到他"唰唰"的扫院子声，但小轿车依然"唰唰"来往；偶尔也会传出"哧哧"的给自行车打气的声音——那是老门卫买的气筒子。

答"假"

老子给儿子出了一道难题。老子限儿子在一刻钟内把题答完。老子的题是这么出的：

列举咱家买多少种假货，并说出假货给咱家带来的好处与坏处，再说出假货的根源在哪里，打假货先要打什么？……

儿子接过老子的试题，冷冷一笑，说道，这题好做。然后很随便地答开了题：

假面粉。咱家好容易买了一袋富强粉，打开一看，比标准粉还黑，而且有煤（霉）味。

假大米。咱家买的大米里，有不少沙子，硌掉了我的两颗牙（还好，是乳牙），这也怪我妈做饭拣不净米。

假猪肉。咱家一月才买三斤猪肉（7.50元一斤），倒控出了一斤水。

假鸡。咱家半年才买一只鸡改善生活，结果还是一只瘟鸡，有怪味。

假酒。咱家半年才买一瓶散酒。爸爸喝了一瓶也没醉。后来才知道酒里对（兑）了大量的水。

假床。咱家好容易买了一张软床，可刚睡了两夜，床就散了架……白花了三百八。

假沙发。咱家的沙发比木椅子还硬，沙发上净是破钉子，老扎我屁股，真疼！

假蜂窝煤。咱家买的蜂窝煤和石头差不多，点不着，着了也不起火。

假电池。我给爸爸买的电池，放到替（剃）须刀里不转，弄得爸爸大胡子满脸。

假蜡烛。咱家买的蜡，点燃后，不一会儿就从头着到脚了。

假鼠药。爸爸买了三包包装精美的鼠药，到家一看，里面塞了三块破报纸，不见药。

假蚊子药。咱家买的驱虫净，杀不死蚊子，天天晚上打药，蚊子天天咬我一身包。

假鞋。爸爸花200元给我买了一双鞋，穿了三天就开绽了，张着大嘴，要吃人似的。

假水泥。咱家装修买的水泥，抹了七天了，还是稀的，不凝固，真成了水泥。

假兔。我赶集买了两只小兔，卖兔人说回去一个月之内就可以下兔，可

根本没下，原来这兔子都是公的。

假笔。我买的铅笔十根有八根不好使，不是一削铅就全出来，就是一削就劈。

假话。老师和校长总是说以后不再乱收费了，可还是三天两头地和学生要钱。

假还不少，三天也说不完。至于说假货的根源在哪里，我也说不清。反正有人造假货，才有人卖假货；有人卖假货，就有人买假货……

答卷结尾，儿子说：爸爸说得对，打假冒伪劣商品，不如打假冒伪劣人。先把假人打光了，假货也就没有了……

老子看了儿子的答卷，比较满意。儿子就问老子：该打多少分？老子说，打分也没用，分是假的！不过，老子一再声明：儿子这一张答卷是真心回答的，希望儿子以后也别说假话。

告别午宴

田情真想不到，他只在报屁股上发了几句消息，就被县委宣传部邀来开通讯员座谈会。说是座谈会，倒不如说是报告会、招待会，几天来，已有十几位干部和记者做了报告，一个个把农村说得天花乱坠，富得流油；而这几天，这些"文人"们山珍海味地吃着，嘴也快流油了。

这天中午，田情正坐在"嗡嗡"响的空调下，望着满满一桌子鸡鸭鱼肉和美酒，准备吃喝……

说是吃喝，其实田情并没有什么食欲。这里有不少原因，一是他感到自己没写出什么东西，没资格享受这么高的待遇；二是一坐到这饭桌前他就会想到他的父母，他总在想，这样的饭菜，要是让他父母吃了比给他吃了好；

三是他总惦记着家里的麦子，那来时就该收的麦子……

心事重重，吃饭也不香。这会儿，他刚拿起筷子，夹了一块鸭掌，忽听有人叫："情。"他抬头一看，面前站着一位汗流满面，佝偻着腰的老农——

"爸！"他低沉地叫了一声，站了起来。

"爸，你吃饭了吗？"

"还没顾得。"

"在这儿吃吧。"

"不吃。"

一桌子人，只顾闷头吃喝，谁也没抬头说一句，让田情他爸也一同就餐。

"爸，你在我这儿吃吧。"田情不大好意思地说。

"不吃。情，你跟我出去一下。"

父子二人走出了花天酒地的招待所。

一边走，父亲一边问："你们这一桌饭菜，得多少钱？"

"听说，五百元一桌。"

"好家伙，你们这一桌饭，快值二亩地麦子的钱了。"

"爸，听说这招待所里，天天这么吃喝。"

"有口福的人倒不少。嘿，多厚的家底儿经得住这么招呼啊！"

田情听了这话，心中很不是滋味。

那几桌"笔杆子"却依旧吃得津津有味。

过了不久，田情回来了——这时，那满桌酒菜已"撮"得差不多了，鸡骨头鱼刺扔了一桌。田情有几分难为情地冲着县委宣传部的李科长说："李科长，我请个假，这会，我不开了；我爸让我先回家收麦子去。"

"难得开个通讯员会，你还请假！"李科长不耐烦地说，"那就去吧，吃完饭再走。"

"不吃了。我爸还等着我呢。"田情说着，就绕过一桌桌丰盛的酒席，向门外走去。

田情去了——去收当紧收的麦子去了。那些常给报纸、电台写几句消息的通讯员，惊愕地望着田情急匆匆的脚步，张着嘴，许久谁也没开口。

作家与编号的鸡蛋

我以一个作家的身份，来到一个小山村搞写作。晚上，我铺开稿纸，写了一个大大的题目《万元户王老大》。

望着这个小说题，我似乎感到不够新鲜了——也是啊，现在写万元户的作品不少了，我还写万元户。

我想着，大笔一挥，写。写个山村万元户。别管新不新，只要能发，能捞稿费就行……

"当当，当当……"有人叩门。

"请进。"我用作家的口气说。

"吱啦——"门一响，进来一位小姑娘，睁着一对黑亮亮的大眼，端着一个小葫芦瓢，里面是白花花的鸡蛋。

见了小姑娘，我有点没好气，心想：真叫添乱，才思刚出来，就被堵回去了。可一看这天真的小姑娘，又觉得很好玩，于是，我便逗趣似的说："哎，小姑娘，干吗来了？"

小姑娘忽闪着大眼，说："俺爸让我给你送鸡蛋来了。"她说着，轻轻地把瓢搁到炕上。

我有点纳闷，问："你爸爸，他认得我？"

"那可不，你不认得他呀，告诉你，我爸是个拐子……"

听到这话，我明白了。啊，我来时碰上的那个拐牛倌，就是小姑娘的爸爸呀。那人很热情啊。打听我是干什么的，我告诉他是写文章的。他简直惊喜了，说："哎呀，那你是作家了。高贵的人啊。能到我们穷山沟里来，怪新鲜的哩。别看我这个拐牛倌，爱瞧书着哩。可就是啊，有的书写得太差了。瞧着假不唧唧的。你来了，也写写我们山里的生活。哎，我得拦牛去了，等有了空，我还想跟你唠唠哩……"

拐子说完，一支一点地走了……

我回忆着，惋惜似的说："他就是你爸呀？"

小姑娘顽皮地说："我就是他闺女呀。"

"啊，好伶俐的小姑娘。"

"灵，也不会写书啊。哼，我要是会写书……"

"那你打算写什么样的书？"

"没说我不会写吗？你会写，你写吧。"小姑娘扑闪着大眼说，"哎，你写写我，好吗？"

"写你，写你什么？"

"写我都十岁了，想上学，可上不成……"

"你还没上学呀，干吗不上学？"

"得帮助我爸爸干活呗，家里啥活都有，光靠我爸爸一个拐子，哪儿干得过来。又得种地，又得放牛，又得……"

我的心动了一下，下意识地问："那，你妈呢？"

"我妈，她是个哑巴。哼，我们家的日子可难了……"

我望着小姑娘，许久没说话。再望望炕上葫芦瓢里的鸡蛋，又说："真是，那就别给我送鸡蛋了。"

小姑娘一听，着急地说："鸡蛋可得送。我爸说，写书费脑子，吃了鸡蛋脑子灵，能写好书；你吃了我们家的鸡蛋，也给我们写好书——"

我真不忍再听小姑娘说下去，我两眼直愣愣地望着瓢里的鸡蛋——我拿起一个鸡蛋，只见上面写着一个漂亮的"9"字；又拿起一个，上面写着一个"10"字……

"这鸡蛋上，干吗写字？"我莫名其妙地问。

"这是我爸排的号。我们家的鸡蛋都排号，排号攒得快；攒够30个就卖一回，卖一回就够我们家一个月零花了……"

我的心有点乱，说："那，这鸡蛋得值多少钱呢？"

小姑娘一听这，急了，说："不要钱。不要钱。给作家的鸡蛋不要钱。你数数，整10个鸡蛋。我爸说，不多给，不少给，就给10个。10个，就是实

诚的意思；我爸说，对作家的心不实诚，作家也不会对我们实诚……"

听到这话，我半个字也吐不出来，望着稿纸上那个小说题——《万元户王老大》；望着那个穿着破小花褂的小姑娘，望着那10个排着号的鸡蛋，我的思绪乱极了，心也疼极了——作为一个作家，我好像刚刚觉得，自己的使命还很神圣……

我和那个售票姑娘

我踏上了开往东直门的个体户长途汽车。一上车，首先闯入我眼帘的是她——那个售票员姑娘。啊，我认识她。她走路轻飘飘的，像一朵云彩；她逢人先笑，一笑俩酒窝；更明显的特征是，她的头发剪得很短，圆脸蛋上有一颗逗人的黑痣，长着两个讨人喜欢的小虎牙。她姓什么叫什么，我全然不知。我们只说过两次话。

半个月前我去北京，就是她给我打的票。当递给我票时，她笑盈盈地问了一句："你坐过我们的车吧？"

"坐过一回。"

"进城干吗去？"

"到医院看我妈。"

我不言声了。她又去打票了。

五天前的一个中午，她到我们文化站的图书室去过一回；她一边浏览架上的书，一边无意识地含笑问我："你们一个月挣多少工资？"

"不多。几十元钱。"

她又笑出俩酒窝，自豪似的说："哼，还不如我呢……"

她笑着走了，是不辞而别的。

没想到，只隔了几天，我又踏上了她们的车。车上人很多，她只是笑吟吟地打票，没和我打招呼；我更没和她说半句话，我压根儿就没先和姑娘开过口。

我在车后边坐下了。并拿出了五元钱，等她过来时打票——她轻声轻步地过来了，我递出钱，说声："买一张到东直门的票。"

她冲我淡淡一笑，细声细语地说："得了。"

我仍举着钱，并抬高音说："买一张东直门的票。"

她还是那么含笑带柔地说："得了……"

说完，她扭过身去，不再理我；我捏着钱，久久地发呆。

这一路，我没说半句话，我想了许多。越想越觉得心里头不大舒服；想到最后，我竟又掏出了那五元钱——那是我身上仅有的五元钱。试了几试，我想再说打票；但没有，我怕那样不近人情。我只是想了许多报答她的办法。人心换人心吗。我这辈子也不会忘记她。但是，想来思去，我仍觉得不是滋味。

车到东直门。下车时，我没有看她，更没说"谢谢"俩字；此刻，我是绝然说不出"谢谢"二字的。这时，她走到我面前，甜脆地问："进城干吗去？"

"看我妈去。"

我再没看她一眼，再没说一个字。这时，我的心里只有一个念头；下次再乘她的车，坚决要打票。连这次的票也补上，作为一个一米八的大小伙子，我绝不需要别人的施舍。

想着，我只觉得心里坦然多了。我甩开大步，打算去买一个烧饼，然后到医院看我妈的病好没好……

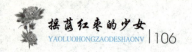

牛疯子

好几个月了，田老汉就像丢了魂一样。从早到晚，往马路旁的大杨树下一站，呆呆地张望。望什么呢？牛。真也怪了，他是又怕望见牛，又似乎想望见。

自大秋以来，这条马路上总不断过牛——不论白天，也不管黑夜，那一群群大牛小牛公牛母牛黄牛花牛黑牛……几乎不断线地过，过……那"嗒嗒"的牛蹄踏碎了夕阳，踏出了月色……哪儿来的这么多牛啊？他有几分纳闷。

他使了多半辈子牛了。但从没见过这么多牛。他用一双游移的目光追寻着成群结队的牛，一直目送到远方，远方……此刻，他的心像马路一般空空荡荡。有时，他也会凑上前去，问一句赶牛人："这牛从哪儿赶来的？"

赶牛人晃动着牛鞭子，不愿回答他的问话；于是，他又问一句："我说，你这牛往哪儿赶呀？"

"大红门。"

一听大红门，他的心激灵一下；此时，他仿佛看到牛腔子里喷出的红艳艳热乎乎的血。

他长叹了一声。望着那低头远去的牛，他心疼得直嘟囔："多好的牛啊，咋都往肉锅里赶哪？！"

他但愿不再看到牛贩子从他眼前过。可用不了多久，就又有一群牛被牛贩子驱赶而来——"嗒嗒"——"嗒嗒"牛蹄子似乎踩着他的心，他又上前去问："这牛是咋来的？"

"买的。"

"买牛干啥？"

"卖钱！"

听到这话，他急了似的问："咋都把牛卖了？过年不耕地了？不吃粮了？"

赶牛人没搭理他。因为人家觉得，买牛卖牛和他说的耕地打粮根本不是一码事。后来，他竟骂骂咧咧说道："把牛往肉锅里赶，损了，不想活了！……"

气得牛贩子真想抽他一鞭子。但没有。原谅了他这个"疯子"。谁知，从此他更疯了。质问一句倒无所谓，他竟往马路上一站，胳膊一扎撒、腿一叉，不让通行，吓得牛四散逃跑。牛贩子气得火冒三丈，恨不得把他提起来，扔到马路沟里去……但牛贩子抑制住了，只怒气冲冲地问他道："你凭啥不让我过？"

他直呆呆地望着牛，说道："我使了一辈子牛，种了一辈子地，一辈子爱个牛！今儿个你把牛往大红门赶，我就要拦住你，不让你过！……"

牛贩子听了他的半疯话，哭笑不得。不由说道："真是个牛疯子！……"

当天夜里，这个所谓"牛疯子"横躺在马路上，企图拦住牛贩子。朦朦胧胧中，他做了一个梦：他梦见黑油油的田野，红彤彤的耕牛，他赶着红牛在耕地，耕出了绿禾，耕出了金秋……

"嗒嗒，嗒嗒"，牛蹄子把他的梦搅醒了。

诗飘然

诗飘然总算出了诗集了。

诗飘然的第一本诗集叫《铁树开出诗花》。署名诗飘然。

其实，诗飘然本不姓诗，他姓石，叫石飘然。他刚会写诗的时候，才发现这个姓有问题，石头死沉死沉的，怎么会飘然呢！于是，他把姓就给改了，就叫诗飘然。当时的诗飘然才是个毛头小伙，走路潇潇洒洒，头发飘飘然然，还真是够飘然的。可他写诗的路子却不怎么飘然。或者说，他写了一辈子诗，也没到春风得意马蹄疾的程度。但他的命运也算不错，刚写了几首歪诗，就混进了文化馆，弄了个铁饭碗，从而吃穿不愁，在文化馆一泡近40年。当年那个黑发飘逸的小伙，而今早已白发飘然了。也就在近花甲之年，也就是2003年的羊年，他的本命年吧，才迟迟出了一本诗集。而且是众所周知的自费出书，出版社让他掏了一万八千元（也有人说是别人赞助他出书的，但他不说），他的诗集才得以付梓。尽管如此，他也很为此飘然了一番。

心血，那毕竟是他一生的心血呀！而今……

说来，诗飘然的诗并不怎么样。但他写诗用的笔名却似乎比诗更像诗。且他与时俱进，到什么山唱什么歌，进什么年代用什么笔名。"大跃进"年代，他用过三山五岳、岳呐喊、诗跃进、我来了等笔名，但此时他的诗顶多是发在黑板报上。三年困难时期，他用过笑六零、呼风雨、谷丰登等笔名。"文革"时期，他用的笔名是红声、时音等，想用东方红做笔名，却没敢用。后来，改革开放，他用的笔名就更多了，白云居士、绿峰居士、桃花源、石上流、松间照、田园、古风，等等。还有一个笔名须多说几句，叫飘然大白。看准，不叫太白而叫大白。他有他的想法，叫太白太自命不凡，怕人耻笑，莫若叫大白。也有人念成太白，他说不敢不敢。人家说那大里有一点，不念太念啥。他说那一点是他把逗号点到大裤裆里去了，才成了太，实际还是大。但他说，他和诗仙就差那么一点啊，可那一点就难喽，正如女人变成男人一般难。画龙点睛，他的诗就差点睛之笔了。但他不怎么灰心。为此，他又用过时飘然，意思是和时代一起飘然，时时飘然。而今他又用了诗飘然。

不管诗飘然怎么飘然，他这辈子发过不到30首诗是真格的。为此，他自有说法，说什么好诗不在多，两句三年得，一吟双泪流嘛！毛主席也不过几十首诗，可……

可不管怎么样，诗飘然的诗集出版了。

那天，诗飘然正在阳台上浇他的花花草草，就有电话打来了，说是印刷厂的，给他送书来了，让他到楼下来接。诗飘然一听，心都要跳出来了。当时他真是要飘然了。似要飞一般，就跑到了楼下。他刚一出单元门，一辆白色面的就停在他眼前了。车上下来一位穿红裙的小姐，问他你就是诗飘然吧？他说我就是诗飘然。小姐说卸书吧，一共是950册，卸完了您给签个字。诗飘然说，哎，哎，好，好。

车上又下来一位装卸工和司机，他们像搬南瓜一样，一会儿就把车上的书呱呱地堆成了一座小山。诗飘然说，你们给搬上楼去吧。红裙小姐说没工夫，也没这义务。你就签字吧。诗飘然就签了字，但他此刻却不显得飘然。

送书的车走了。诗飘然有点失落感。愣了半天，怎么就找不到半点出书的感觉呢！

有破烂的卖！很快，一个破烂王就走到诗飘然面前了。诗飘然正愁这书一人何时能搬上楼去？突遇破烂王，便打开了人家的主意。

诗飘然说，帮我搬搬书行吗？给你5元搬运费。

破烂王说，中，中哩。

诗飘然说，我上楼去等你，搬完给钱。

破烂王说，中，中哩。

诗飘然还是有所激动的。毕竟是刚刚出了诗集嘛！他夹上一包书，还说了一句，二楼203。就像抱着刚出生的儿子一般，上楼去了。进入楼房，坐在沙发上，他打开那包书，拿出一本就入迷地看了起来，望着诗集的封面上那朵铁树开出的花朵，他不禁感慨万千，开花了，铁树开花了，我的诗也开花了！诗仙太白，你总也算睁眼了！今天晚上，咱俩举杯邀明月吧，我好好敬你一杯！诗飘然看着那本诗集，足有半小时，还陶醉在墨香之中呢。

这时，破烂王就推门进来了。破烂王说，书搬完了，结账吧。一包给你5角钱，中不中？

诗飘然愣了，说，你什么意思，你把书搬到哪去了？

破烂王说，在车上哩，不到50包，算40包完了，中不中？

诗飘然似有几分恍然，说，走，你先带我看看书去！你到底把书放哪儿了！

破烂王把诗飘然带到楼下。当诗飘然发现破烂王早把他的书码了一板车，简直哭笑不得。他说，我再给你加10元钱，你赶紧把书给我搬到楼上去！

破烂王说，不是卖给我的？卖给我算了，你要它啥用哩！一包给你加一角钱，中不中？

诗飘然哼了一声说，嘿，这个人真是怎么了，有毛病，疯了！嘿，对牛弹琴。快，你马上给我把书搬上去！诗飘然望望四周，好在没什么人，这个情景他还真怕别人看见，怕人笑话他。也真让他有点扫兴，一辈子出了一本诗集，此刻都拉到他家里边来了，他不赶紧打发这堆多胞胎，他还真有点尴尬了。所以他一再催促破烂王给他搬书。

破烂王却说，搬书中，中。再加10元中不中？我也不容易哩。

诗飘然也随之说了一声，中，搬吧。

于是，破烂王就开始给他往楼上搬书。诗飘然想显摆一下，说，这是我出的诗集！

破烂王说，啥湿（诗）集，赶集都没人买这东西，你要它有啥用！

诗飘然叹口气，再也不想说什么了。

过了一年之后，诗飘然显然更不飘然了。那天，他又听到楼下有人叫道，有破烂的卖！……站在阳台上，他一眼就认出了那个破烂王，他有几分不好意思，但还是鼓足勇气下楼去了。他和破烂王说，他有几十包书，再搁下去就发霉了；他想把他的书卖给破烂王。

说来，这一年中诗飘然也曾经想把他的书卖掉，也好弄壶酒喝。可他求了半天人，一共卖出了不到10本书；别说是卖书了，送给人家书有的都不爱要。为此，弄得他十分懊恼。索性他也就不卖书不送书了，那堆书就在不大的楼房里堆着。他看了烦，他家里人看了更没好气，多次催他把书弄走，人睡觉都没地方，还有地方搁书！无奈，他下定决心，打算把书卖给破烂王算了。而今，那个破烂王总算又过来了。他像遇见了大救星一般，就从楼上跑下来了。他和破烂王商量说，我这堆书干脆归了你吧，你把它们搬走吧。

破烂王说，我早说归我，你还当宝贝哩。这回咋样？你说吧，是扒堆，还是论斤称？

诗飘然说，干脆，就一元钱一包，归你算了。

破烂王笑了说，早归了我多好哩！省得倒腾它。这么着吧？5角一包中不中？我就不要搬运费了。

诗飘然似乎要发怒了，说，一包书三百元钱，一块给你够便宜了！

破烂王说，中，中，也中。老大爷你叫个啥名哩？就算咱们交个朋友吧。

诗飘然虽说懊恼，却又来了雅兴，说，我叫诗悲鸣。

说着，一股风吹来，真正是把诗飘然的白发吹得飘飘然了。他又哀叹一声，嘿，出了半天书，归了破烂王。

"红灯"

"红灯"不是灯——是风沙铁路线上的一位守桥民兵。"红灯"小名叫大红，那灯字是后来加上去的。

大红自看桥以来，对他的岗位那才叫严阵以待！他往岗楼前一戳，谁想随便过桥穿洞——没门儿！他动不动就这仨字：不准过！有好几回，他跟游人（我们那里可是有名的游览风景区）闹得脸红脖子粗。我们说他太认真，他眼一瞪：不认真行吗？站岗为啥？为了游人的安全！为了……

他的话没说完，就让我们给顶回去了——有人还讽刺他：看你，往岗楼外一站，指手画脚的，俩大眼动不动就气红了，像俩大红灯！你呀，总是得罪人，不给人开绿灯！……

不该开的绿灯，就不能开！他又犟上了。

那就叫你红灯吧！

从此，大红得了个红灯的绰号。

大多人总讨厌开红灯，可有时不开红灯就是不行。比如，为了行人的安全，我们所看的桥和隧道，对来往行人就得有限制；紧这么限制，还免不了出人命哪！

去年，有两个春游的情人，从大桥上走过——这两恋人看着挺机灵，实则挺傻！他们头一次乘火车，连起码的铁路常识都不懂。他俩正在道心走，一列火车迎面而来……此刻，他们不出道轨，却往那一站，向火车摆手：停车！……他们想不到，这一挥手，竟是向世界的最后告别！

　　此事听来新鲜，其实是血的教训。出事故后，守桥民兵的责任更重大了；立即规定，不准游客过洞过桥。但，拦住他们也不容易——心慈面软的"绿灯"拦不了，非得铁面无私的"红灯"拦。

　　出了如上那件事，有的守桥民兵还嘲笑城里人傻气，不知道躲火车。"红灯"听了直发火：哼，有脸说！以后再出这事，我把你们推到桥下去！

　　今年春末夏初，来我们这儿游览的人更多了；红男绿女，把此地装点成了个花花世界。而他们又时常来到我们看守的桥头洞口，一个个请求师傅要过桥穿洞——遇上软人，也偶尔能放过几个；要碰上"红灯"站岗，他把大眼一瞪，手一挥，就是不放行！不管你叫多少声师傅，不管是婀娜少女，还是翩翩小伙，他一概是仨字：不许过！

　　那天，他又碰上俩姑娘，硬要穿过隧道去。

　　师傅，让我们穿过去吧……

　　不行，不准过。

　　我们急着赶火车去……

　　绕山路，误不了车！

　　那太远了，又不好走。

　　洞里黑灯瞎火，三里多地，更不好走！再说，这是规定！

　　俩姑娘还够缠人，硬是想过，好像那洞里有什么好玩儿似的；所以，她们连连请求，还拿出一瓶橘子汁，又要给"红灯"照相……但，这一切都无济于事。

　　不准过就是不准过！这也是为你们好！

　　可绕山路走，我们怕要误火车的？……两个姑娘真有点可怜巴巴的样子。

　　这时候，替"红灯"换岗的人来了——"红灯"松了一口气，他发现俩姑娘挺为难，就说：走，我送你俩去火车站，保证误不了车。

　　"红灯"给姑娘开"绿灯"喽！换岗的小伙子叫了一声。

　　别贫嘴！好好当你的红灯吧！

　　"红灯"说完，带俩姑娘踏上了一条绕山路。

　　师傅，你叫什么名字？我们得好好谢谢你呀！

　　谢我干啥！没听见人家叫我红灯吗！

俩姑娘一听这话，不由得笑了。

此时，山中的夕阳真红——也像一盏大红灯……

路的故事

"八里愁"是一段路，是一段实实在在的"土八路"。有个姑娘给这条路编了几句顺口溜：晴天一路泥，雨天一锅粥；除了空中鸟，谁走谁发愁。

那日，有个毛手毛脚的姑娘从这条路骑车经过。恰巧，赶上了一场雨。雨后，这路可就不那么好走了，真正成了一锅泥粥。别说是骑车，就是推着车，那自行车都不走，泥粥把那山地车糊住了。姑娘用力推着车，深一脚浅一脚地走着，把小白脸儿累得通红，汗水亮晶晶。这"八里愁"她走了将近一个半钟头，到家一看，花二百多买的一双皮凉鞋，早不知跑到哪里去了？姑娘光着一双泥脚，急得直叫：真倒霉！

翌日早，这姑娘去北京出差，还得走那必经之路：八里愁。为出差，她愁了半宿，愁什么呢？一愁那路不好走，二愁穿什么鞋子？冲那路，穿双雨鞋最合适，可穿着一双雨鞋上北京，总不那么协调似的。后来，她只好又求弟弟，还是老办法：穿着雨鞋走那八里地，把一双体面鞋装在书包里；待到了柏油路，把雨鞋脱下，让随身送她的弟弟拿回来，她再穿上好鞋去北京。

就这么办了。姐俩都说只能这么办了。路上，弟弟对姐姐说，赶明儿你要找对象，就到八里愁以外找，省得再走这段破路了。

姐姐说，那要是回妈家呢？不还得走这八里愁？……

恰在此时，就发现一辆桑塔纳小卧车在泥路上抛锚了，那车陷在烂泥沟中，怎么也走不出来了，四个轮胎越刨越欢，车却越陷越深。姐俩见了这情景，不但没上前帮着推一把儿，反而有点幸灾乐祸似的。心说：一定是当官

儿的车，管他哪！让他也尝尝八里愁的滋味儿！

姐俩知道这是当官的车，却不知这车正是新来的乡长的车。他们更没想到，这车于半个月之后就卖了。那乡长说，不把那八里愁路修好，他就骑车上下班！

那年冬天，那八里土路铺上了沥青。为此，有个姑娘又写了几句顺口溜：泥路铺柏油，谁走谁不愁；多亏好乡长，卖车把路修。

这个编顺口溜的姑娘是谁呢？不说你也知道。

碑

　　三天里，丁拐子围着乡敬老院转了不知有多少圈儿。他拖着一条炸小日本儿岗楼时留下的残腿，挂一根六道木拐棍儿，走路戳嗒戳嗒，一支一点，也不知围着敬老院转什么。他的两眼很大，时而盯着敬老院的墙壁发呆，时而又望望天，望望门前的鱼池。他不时咕哝几句，又不时举着拐子，在墙上戳打几下。

　　老院长以为是小孩子淘气，闻声赶到。他没等院长开口，便说："怕我把你的房戳塌？"

　　"这房今年还真悬了。"老院长无奈地说。

　　"那不会修？"

　　"报告打了，还没批。咱乡里穷啊……"

　　"穷？才不穷哪！乡政府大楼盖上了，见没见？听说，小学校都要变成楼了……这叫穷？！……"

　　丁拐子连珠炮似的说着。老院长解释道："啥也得一步步来。政府也没亏了敬老院，那十几个老人，盖楼也没必要……"

　　"那也不能住这破烂房啊！赶明儿发大水，把你们冲进鱼池里可咋办！这房紧该修！……"

　　丁拐子说完，"戳嗒戳嗒"走了。地上留下一串串拐子戳下的印迹，像他摆下的棋子儿。

　　别看丁拐子是个二等残废，可有点好命。他有好几套松木脚手架板。他靠出租脚手架板，就够吃喝。尤其这些年，建筑队多了，搞建筑的也多了。十里八村的人，都来租他的板子。自然，他的票子也多了，但他却舍不得花，更舍不得给他的两个儿女，只说得留着养老。他一辈子不吃肉不喝酒，连烟也不抽。有人说他小气，他就跟人抬杠："谁说我小气？谁给我一千元钱，我也说他个大方！"

天近傍晚，丁拐子又"戳嗒戳嗒"地来了。穿一身黑布衣，腰里却系着一根红腰带，红腰带上掖一个红布包，鼓胀胀的，小枕头儿似的。他进了院长室，让他坐，他不坐；给他沏茶，他说没这口福，长这么大都是喝凉水。老院长半开玩笑地说："老丁咋走错了门儿，到我这里来了！"

"我就不兴登登敬老院！"丁拐子用拐杖点着地，又指指腰间的红布包，他把红布包抻出来，在手上掂了掂，然后便使劲往老院长面前一扔，呼的一声，红布包沉重地躺在了桌子上，丁拐子瞧瞧红布包，又瞧瞧老院长，说："点点，一万三！"

老院长一时愣住了，问道："咋回事？"

丁拐子没二话，佝着腰把红布包解开了——老院长定睛一看，是好大的一堆"大团结"，他更呆了。问："到底咋回事？"

"傻得不透气儿！"丁拐子真是不耐烦了，"我一辈子的家底儿，给你，修敬老院！"

"啊？"老院长惊讶了，"这我哪好接收？"

"不是给你的，是……"

老院长又客套道："那可咋感谢你呀？"

丁拐子把一句不知是刚想起来的话，还是早已经想好的话，痛痛快快地吐了出来："还用咋感谢！给我立块碑！……"

"碑？"老院长望着本来就像一块黑石碑的丁拐子。

一缕残阳透进窗口，把桌上的"大团结"都映红了。

大小伙子

二石头都二十有七了，对象还没谱儿哩！有一次，他和乡亲们一同喝他表弟的喜酒——这个表弟比他小四岁！高二叔和他开玩笑说："二石头，啥时候喝你的喜酒啊？"

"三年以后再说。"二石头笑微微地说。

这话，把不少人都听愣了！就连那个名叫山花的姑娘，也用一种好奇似的目光，打量着二石头这个出众的小伙子。

"可别说这傻话哟，石头！三年之后，你都多大了？早点张罗一个吧！挺好的小伙子，找不上媳妇儿。不行喽，你也出去招个拐吧！反正，咱们这儿的小青年都是石板上炒黄豆——熟一个蹦一个……"好心的高二叔叨叨个没完。

"我不准备蹦了！我这颗黄豆，就在咱们这块石板上扎根了！"二石头风趣地说。

"那，你想打一辈子光棍啊！"

"媳妇会有的，一切都会有的。"二石头笑模笑样地说，"来，咱们几位干一杯。"

同桌的几位父老乡亲，都举杯向二石头碰去；就连不会喝酒的山花，也与二石头碰开了杯。她偷偷扫了二石头一眼，那白净的脸蛋微微地泛红了。

这时，炕那边的小石头醉劲上来了。醉了之后就吐开了真言："对象啊，你在哪里？没个媳妇，有啥意思！"

听了这话，二石头气过脑门，他冲着小石头说："没出息！再胡说，我捆你的嘴！"

有人就偷偷地笑了。

那山花有几分难堪，只闷头捡了几个花生米吃。

高二叔又咕咕哝哝说道："嘿，小石头说的是真心话呀。二石头，不是二叔说你，你也别老充硬汉子；他再硬的汉子，也得找媳妇。你成天家背你那个《药性赋》，啥'闻之菊花能明目而清头风'，就背出媳妇来了？你成天南山北坡地采药，你就能采回个媳妇来了？也别净把个《本草纲目》和李时珍挂在嘴上。你这岁数了，头等大事就是赶紧找个……"

"媳妇。"二石头接过高二叔的话茬，笑模悠悠地说，"二叔，你这话我从心里感谢。可……找媳妇着啥急哩！等到我把《药性赋》背得倒背如流那一天，等到我会号脉开药方那一天，等到我采够800种草药标本那一天……我一定请你喝喜酒。"

二石头显得胸有成竹，他把目光落到了山花的身上。山花的目光与他的目光相遇了，山花的脸唰地一红，成了一朵山丹花。

喝罢喜酒，二石头又钻进他的小屋，鼓捣他的草药标本去了。他那个堆满药材充满药味的小屋，一般人不敢进，也不愿进；就连他的弟弟小石头也不愿接近他这个"草药兄"。

这一天晚上，从窗外飘进来一张洁白的信纸，信纸上写了短短的几行字：

你真像个大小伙子。我愿陪你采够800种草药标本……

信没有署名。只画了一枝含苞欲放的山丹花。

二石头的心不是好跳，脸不是好红。

半年以后，人们喝上了二石头的喜酒。高二叔端着酒杯，一再说："真是有福之人不用忙，二石头找了山花这么个好姑娘。"

小石头感叹道："俺二哥没白折腾那些草药。"

山哥

天响晴，谷幽静；一串驴铃叮咚叮咚……一个红脸蛋女大学生骑在驴背上，"嘎悠嘎悠"，一个宽肩膀小伙子跟在驴后，手中的鞭子"晃悠晃悠"……两个人不时地找几句话说。

忽听得远处有"呜呜"的水声，坏了，山哥立刻吃了一惊，叫一声："大山水下来了，你快骑好驴。"女大学生还不知怎么回事，以为是山哥和她开玩笑，哪知，转眼工夫，那山水就"咕咚咕咚"地咆哮着，如蛟龙一般，张牙舞爪，穿峡越谷地扑了下来。这似从天而降的山洪很快就把山哥的半截腿和四条驴腿淹没了；水卷着乱石柴草，还有南瓜葫芦。

"嘿嘿，这个老天爷，又在口外下了大雨；又把大山水发到石羊沟里来了。"山哥蛮有经验地说着，"哗哗"地蹚着山洪走着，又不时地对驴背上的姑娘嘱咐一句："骑稳，把腿夹紧。"姑娘的红脸变白了。她也不知该怎么好，只觉得那两岸黄崖夹一湾浊水，似乎要把她泡起来，淹起来，漂起来；毛驴似一条欲翻的船，令她晕晕乎乎。

"抓住鞍鞯，夹紧腿，别怕！"山哥不时重复着这些话，吃力地蹚着大水，哗啦哗啦……

"你也骑到驴上来吧。"姑娘终于叫了这么一声。

"驴驮不动咱俩。再说，我一松手，这驴非得趴下，连人都得卷走……"水势更加凶猛。山哥晃晃悠悠难以站稳，更难前行；毛驴在山哥的大力牵引下，总算还支撑着没倒下。

水无情，水把人给围困住了。进不得，退不得，两边悬崖峭壁，人更休想上去……以往，山哥也遇到过这种情况，那时，他把驴当船，闯过了一次次激流。可是今天，他在去火车站送山货时，碰上了一位放暑假回来的大学

生，于是，他把驴让给大学生骑了；他恐怕毛驴倒下，紧紧地牵着驴，像一棵树。

然而，无情的山洪还是把他冲倒了；当他被水呛得说不出话时，还喊了一声："骑稳！……"

水小了。水落了。毛驴和那个女大学生安然无恙。可是，山哥却不知了去向——女大学生骑着驴，回头去找山哥，一边走一边叫："山哥，山哥！……"

大山发出了久久的回音："山哥，山哥！……"

带有仙鹤图案的手绢

阿然上幼儿园了。

阿然对我说，让给他买一块手绢。我给他买了一块手绢。他说，这手绢不好，我问为什么，他说，因为上面有一只大老鹰，爸爸不喜欢小孩子的用品上有大老鹰，因为老鹰凶狠，可怕……阿然倒把他爸的话当真了。我说，傻孩子，那手绢上不是老鹰，是仙鹤……于是，阿然就格外地珍爱那带有仙鹤图案的花手绢。

初春的一个傍晚，天上飘着淅淅沥沥的牛毛雨。我去幼儿园接阿然。他问我，妈妈，您没带个雨伞来？我刚要回答，阿然就掏出了一块手绢，机灵鬼儿似的往头上一蒙，然后一笑说，这不就能挡雨了……我索性把那手绢的四角各系了一个"蒜疙瘩"，给阿然弄了一顶雨帽……阿然一路上高兴得直抓空中的雨丝，直拍打头上的柳条儿，并说是他的遮雨帽，真好……

又过了几日，我又去接阿然。那天没有牛毛雨，天上有很美丽的白云。以往，阿然总是蹦着跳着，小燕子一般扑向我——而那一天，阿然却哭哭啼啼向我走来。我一看他委屈得可以，就问他怎么了，到底怎么了？阿然不说，却又提出明天不来上学了，说什么也不来上学了……依旧不知何因，就去问老师。老师坦然地把实情讲了——

原来，在老师讲课的时候，阿然却不认真听讲，而是拿出他的手绢，叠了一个雨帽，戴在头上，并向同学们做鬼脸儿，还动员同学也把手绢戴到头上……见此，老师大怒，硬逼着阿然把手绢扔掉……阿然问，扔哪儿去？老师说，扔到垃圾桶里去！阿然无奈。在强迫之下，把手绢丢进了垃圾桶里……

是这么回事？一时间，我真不知心头是个什么滋味。真不知该说些什么。老师似乎有几分内疚，又将那手绢捡了回来……可是，阿然却怎么也不要那块手绢了。我与老师都怪小儿太牛性。阿然那天没挥着小手绢和老师说再见……

我骑车带着阿然，闷闷地回家去。路上，阿然忽然说：妈妈，您看，天真大，真蓝，您看那一朵白云，多像我手绢上的大仙鹤呀……

我的心咯噔一下。但愿阿然的心中永远有一块不落的、蓝天一样坦荡、带有仙鹤图案的花手绢。

老卫走了，留下门

老卫走了。在胡同里看到了他遗下的两堆灰烬才知他走了——不是他的骨灰，是家人和友人给他烧纸钱和焚他的旧衣留下的灰。见此情景，我失落、忧郁，一日日很是难过。老卫曾是一个晃晃悠悠的大活人，是我出门常见的邻居，怎么尚不过五十，说走就走了哪！

我和老卫虽属近邻，只一墙之隔，但因爱好各异，所以很少套近乎。他家人杂，尤其女性居多，且都信佛，家设有佛堂，香火还挺旺。每当他们念经拜佛时，香烟袅袅从他的经堂飘到我家的院落，浓得呛人。赶上礼拜，嘟嘟囔囔念唱不断，祈祷声声，虔诚至极，弄得我难得安宁。但我从不干涉人家。有一次发生了一点口角，倒是因为过年时放炮。他带来一群友人，惊天动地地放开了大萝卜似的二踢脚，震得我的房上直哗哗掉土渣子。我冲着他的院子吼了一嗓子：老卫，悠着点放吧！他先说了一句不好听的。后来却从墙头上甩过一挂鞭炮，让我家孩子也放。我哭笑不得。

我和老卫过话不多，但也不是邻居不和睦，也许因各自脾气都有所各样。我多次让妻子给他们送我院中种的菜，他们往往不要，于是我就不再过多理会这些"不食人间烟火"之人。有一次，我见他与几个女人同够电线杆上的龙王爪豆角。于是我抓住时机，在院中抢摘了半菜篮子同类豆角，趁机送去。这回他们没说不要，倒是都说了谢谢。老卫则又悄然说了一句，高作家是个好人。

其实，老卫也是个好人。我与他的房子，是同时盖起来的。他先我小半年而搬入新居，他肯定没少照料我的宅院。他曾说他是给我看房的一个活菩萨。然而，这么一个活菩萨，却早早地走了。

老卫走了。与他相居的男女，也不知上了哪里。他家的大铁门上了锁。他家的屋成了空屋。他家再无香火味传来。他家夜里总是黑洞洞的。见此情景，我的心似乎也空落落沉甸甸的。有时我仿佛觉得，老卫还活着。他栽的玉兰开花了，香飘我家；他家的爬山虎上墙了，红得似火；他家的银杏树高过了房顶，疑是老卫望着我。我出来进去的，总要望望他家的门口。我总是担心他家漏雨了发霉了生耗子了。

今年夏日的一天，风雨交加的。我听见老卫家的门不是好响，咣咣的。我出门一看，他家的门开了。不由叫了一声老卫，院中却无人。细一看，才知那门锁被撬了，一扇门头窗也被摘了下来——我感觉不妙，便吩咐妻子，去村委会"报警"。妻子顶风冒雨找到村委会。村委会很快来了四个人，巡查"案情"。结果是：里外门都被撬，但东西尚未盗。且说屋中也没有什么，不过是半屋子菩萨、佛爷之类，还有两套硬木家具。村委会的人把门又给鼓捣上，就走了。

时近半夜，我出去遛弯，见那门又打开了。恰巧发现一个贼头贼脑的小子，刚从门里钻了出来。我意识到，这个人是来探道的，说不定半夜之后，老卫家的东西就成了他家的了。我叫了一声老卫，这人差点被吓瘫。我又把那门给关上了。

那一夜我也没有合眼，一有动静，我就出去看看，怕老卫家失盗。

第二天，我让妻写了四句话，贴于老卫家的门上：老卫虽走，魂灵尚留；谁敢偷他，他会报仇。

此后几个月，还真没人再撬老卫家的大门。

黄鹦鹉，绿鹦鹉

"我"养了两只黄鹦鹉，却不料又"招来"两只绿鹦鹉；"我"把这黄鹦鹉和绿鹦鹉关在同一个笼中。黄鹦鹉虽也没有驱赶走"第三者"，但它们的"防空洞"却绝对不许绿鹦鹉进入——在一个炎热的正午，"我"忘了把鸟笼放在阴凉中，导致绿鹦鹉被暴晒至死——"我"掩埋了绿鹦鹉，又打开了关黄鹦鹉的"牢笼"——

假如一对年轻的夫妻被活活晒死，是个什么情景呢？假如两片水灵灵的绿叶被晒干，假如两枝鲜艳艳的花朵被晒枯，又是个什么滋味呢？假如一对比翼之鸟被太阳夺去生命，又会怎样令人痛心呢？却不料——却不料我遭受了一场失去爱鸟的痛苦。公元1999年7月27日，是一个酷热难耐的日子；这个日子对于我的两只鸟来说，更是一个无情的日子。这个日子成了我那一对鸟朋友永别人间的绝日。从此，将给我留下终身遗憾，我会永远觉得，对不起我的两只鸟。由对不起自然会产生无尽之思念。却不料——却不料我的两只鸟有几分来历和传奇。本人从小就格外喜欢鸟。看鸟儿飞翔，听鸟儿歌

第九辑
玳瑁镜架

YAOLUOHONGZAODE

SHAONV

唱；掏鸟蛋，养小鸟，是我最大的爱好。成年后，鸟养得少了，却依然对鸟偏爱。在森林里拣一根漂亮的鸟羽，也要夹入书中，欣赏个没完，或寄给远方最好之友，以分享其色彩。也曾养过几只鸟，松鸦、相思、鹦鹉……可其命运都不太好。索性就不养了。免得失去鸟儿后难受。却不料——却不料鸟瘾又来了。今年春天，携小儿去赶集。本想买一只鸡，炖了吃；却被一对鸟吸引，并最终买下了它们。连鸟带笼，60元。鸟主说，实在便宜，这对鸟搁头些年，600元你也拿不走。鸟主又说，这叫桃脸鹦鹉。鸟的身子黄灿灿的，脸儿红扑扑的。长得好看，嗓子也好，叫得不难听。俩鸟挺好养，有金黄的小米和碧绿的油菜吃，它们就活蹦乱跳的，日日高兴。鸟儿高兴，人也快乐。却不料——却不料又有奇迹发生。那个夏日之晨，菜园中的绿叶挂满了露珠，朝霞红得绚烂多彩。妻推门到院子里去，却一眼发现鸟笼上蹲着一只鸟儿，欲进却又不能。那鸟是一只绿色的牡丹鹦鹉，长着红扑扑的脸。见了妻子，它扑棱棱，飞到厢房上去了。妻子回屋告诉我，我就打定了主意。将鸟笼拎进书房，打开房门，人先离去，打算引鸟入室。这办法倒灵验。不出十分钟，那鹦鹉便像一片绿叶，飞进了我的书房，关上房门，一家人一同抓鸟。鹦鹉飞上飞下，折腾了一会儿，就被我抓住了。我的手被拧了一下，可笼中却多了一只美丽的鸟儿。我戏称它为"第三者"。却不料——却不料这"第三者"又引发出一连串的故事。一只陌生的鸟儿闯进了前一对鸟的所在。好在，两只黄鹦鹉并没有怎么嫌弃这个"第三者"，但有一样，它们的安乐窝（鸟笼中用于休息，孵小鸟的巢穴）却绝对不让那"第三者"插足。连进去串个门儿也不行。那后来者倒也知趣，干脆就不入人家的"洞房"，只在外边待着。不过，我已看出它的后悔之意，它一劲地在铁笼内周旋，那尖尖的钩钩嘴，欲把铁条咬断，逃出"牢笼"。但又无济于事。半天下来，那绿鹦鹉老实多了。静静地吃着粒粒小米，喝着清水，并又叫上几声。我一点也不讨厌它，反而更加喜欢它。它无处躲藏，总在外边站岗亮相，倒也是一方难得的风景。不过，看它孤孤单单，多少有点受气的样子，我也产生了几分同情。正可怜它孤雁儿似的，却不料——却不料一个星期后又发生了奇迹。又是一个黎明。我出门去，却见一只绿鹦鹉待在黄瓜苗畦里，见了我，它飞到豆角架的竹竿上。我赶忙脱下背心，凑了上去，只那么一捂，就把那绿鹦鹉捂住了。自然，又放到了那鸟笼之中。不用说，这只绿鹦鹉与前一只绿鹦鹉准是一对夫妻了。不知它们为何逃出，也不知为何失散？今日总算到了一起，也算夫妻团圆了。虽说寄人篱下，却也胜过各在东西。我本该再给它们弄一只笼子。可见它们一对黄一对绿，分外好看，且也能和睦相处，也就罢了。不过，那两只黄鹦鹉依然严守安乐窝，不准两只绿鹦鹉"侵犯"。于是，两只绿鹦鹉就栖息门外，与前者为邻，朝夕相伴。时间常了，一切似乎都很自然。它们也不再渴望进"人家"去了。只那么生活下去，有吃有喝，倒也别无所求了。我时感寂寞的生活，也因了它们而平添了不少快乐。它们是我心中和眼前的彩色花朵，是我心中和耳畔的不落情歌。却不料——却不料天有不测风云。那是公元1999年7月27日，那天的确很炎热。那天，好多的人家都开着空调，开着电扇，摇着蒲扇……可谁又想到给鸟儿带去一丝凉风呢？那天早上，我照常把鸟笼放到东墙根下，这样，也是为了避开强烈的紫外线，太阳从东边出来，自然先照西墙，而东墙根下，则是一片阴凉。我把鸟放到东墙之下，也是考虑到怕阳光晒它们。可万分遗憾的是，待太阳照到东墙下时，我却忘了把鸟笼移到西墙下。太阳就那么猛烈地照耀着东墙，以及墙下的晾台、鸟笼……却不料——却不料悲剧就在那日午后发生了。那天中午，我就着烧鸡，喝了一瓶冰镇啤酒。吃饱喝足，就吹着电扇，睡去了。待我忽地醒来，才忽然想到，鸟还在晾台上晒着。我赶忙往门外跑，却不料——却不料一切都晚了。我一眼发现，两只绿鹦鹉像两片干枯的绿叶，已经死去了！挨得紧紧地死去了。天哪！它们是被活活晒死的呀！一时间我的眼都直了，都黑了，都冒开了金星……心疼自不必说。鸟儿啊，死得惨哪！本以为，到傍晚时间，用水将晾台一冲，将石桌一冲，倒上一杯啤酒，也好一边欣赏鸟儿的羽毛和歌唱，一边……却不料——却不料鸟儿已被火辣辣的太阳夺去了生命！不，难道夺去鸟儿生命的只有太阳吗？就没我的罪过吗？此时此刻，东墙滚烫，东墙下的晾台滚烫，鸟笼也滚烫！一时间，眼前的鸟笼幻化成了一本书上的条形码，不，那鸟笼的根根铁条，纵横交错的铁条，又化成了一棵棵绿树，一排排翠竹，一片片蓝天，一朵朵白云……鸟儿啊，怎么就活活地被晒死在铁笼中，不能展翅飞翔，飞向大自然哪！本以为，我救了那两只鸟，却不料——却不料我是害了那一对鹦鹉。人无情，鸟也无情。该说几句那对黄鹦鹉了。它俩可没死，它们总算幸免于难了。它们有安乐窝或叫"防空洞"。阳光强烈时，它们便躲到"洞"里去了。酷热难耐时，两只绿鹦鹉也试图到"洞"中避一避，可是，黄鹦鹉寸土不让，并无半点同情怜悯之心，它们眼看着两只绿鹦鹉在阳光下受罪挣扎，却并不开恩，救同胞一命。能救鸟儿一命的，还有一个人，却不料——却不料我的儿子"听鸟死不救"。那天中午，儿子在客厅看电视剧《还珠格格》。事后，儿子说，他听到两只绿鹦鹉在扑棱棱闹腾，挣扎。可他，他竟没有跑出门去，把鸟笼提到西墙根下的阴凉处……我恨他！想掴他几个耳光！难道爸爸忘了转移鸟笼，你就不该转移一下吗？你就该"听死不救"吗？唉，好端端的两只鸟儿，却不料——却不料两只活蹦乱跳会唱会叫的鹦鹉竟然死在了我的手下！尤其令人痛心的是，它们是被活活晒死的呀！可想而知，那被晒死的惨忍和痛苦。我眼望着院中的黄瓜架，豆角架，南瓜架，葫芦架……唉，把那鸟笼放在哪个架下不好哪，怎么单单放在水泥台上哪！放在水泥台上倒也罢了，别忘了把鸟笼挪到阴凉处啊！鸟儿啊，你们投亲靠友，本想投入生的怀抱，却不料——却不料投生变投死，投入了死的牢笼之中！我悔恨交加。甚至欲哭无泪。我怀着沉痛的心情，让妻子把那对绿鹦鹉双双埋到了菜园中的青枝绿叶下。它们也算同生死，同入葬了。如果鸟有来世，我想它们不该再变成被人笼养的鹦鹉了。最好变成一对金雕或者苍鹰，能穿云破雾，自由飞翔；变成一对蝴蝶也不错，双双飞舞，扑向大自然；化作两朵花儿开放也好，给人类带去缕缕芳香。那天晚上，我那铁条编织的鸟笼，化作了一片森林，一片好大的森林，林中，有五彩缤纷的鹦鹉在飞在唱在尽情享受明媚的春光……却不料——却不料那是一个梦。不过，我倒愿那美梦成为现实——让鸟儿飞向森林！那天，我偷偷拉开了关闭鹦鹉的铁栅栏门，愿那金色的鹦鹉飞上蓝天白云……

卖草莓的姑娘

莹莹都十五岁了，才第一次单独去北京，而且是去做买卖。对于她来说，又觉得好奇，又有几分为难。她挎了一大竹筐草莓，正一坠一坠地往车站上赶着，白脸儿累得通红，汗珠儿亮晶晶。虽说吃力了点，可她还是带着满面春风——因为，她怀揣着一个信念，这筐草莓能卖好多钱。天不亮，她就和妈妈去摘草莓了。她们家种了一千棵草莓。好大的一片呀，碧绿的叶，红艳的果，还挂着亮闪闪的露珠，开着雪花似的小白花。她弯着腰，摘了一颗又一颗，直摘到朝霞染红天边，才摘了一大筐。她嗓子干，想吃一个，可妈说："别吃，留着卖吧。"然后，妈妈又得意地说，"你看这草莓，成色多好；正经的鲜货，北京准保没有！你提上去卖吧！价别高了，卖两块一斤。"莹莹没说什么，只点头应了。莹莹好容易挤上了个体户汽车。售票员直盯着她的大筐，并让她给大筐打一张票；她二话没说，掏钱打了。只是有几分心疼。但心里却想，一张票才两元钱，一斤草莓就卖出来了。于是，她脸上笑盈盈的了。车终于到了东直门，她挎着大筐，下了汽车，只走了几步，就发现好几份卖草莓的。一问价钱，才一元二一斤。她真有点失望。可很快又来了主意。妈告诉她：坐106路电车，从东直门到永定门这条线，各站都可以卖。于是，她又提了大筐。挤上了106电车。一上车，就先张罗买票。"买一张。""到哪儿？""坐一站就下。""五角！"这个售票员真好，没跟她的大筐要钱。一站很快就到了，她下了车。可是一看，车站上又有好几个卖草莓的。价钱才一元一。她又扫兴了。干脆，到下一站去卖吧！莹莹又挤上车，又打了票。又是五角。又是坐了一站，就下了车。下车后，又发现好几个卖草莓的，她，确感扫兴了。抹着脑门上的汗珠，不禁叹息了几声。可发愁也没有用啊，还得去卖草莓！于是，她又上了车，又打票，希望到下一站能卖。可是，下一站照样有卖草莓的。那叫喊声之洪亮之亲切，是她说什么也学不到的。这可怎么办呢？卖东西这么难！再到下一站去试试，又怕下一站还有卖的。索性，就在这站卖一会儿。可她又叫不出来，只是把盖着草莓的报纸揭开，让人们能发现就是了。阳光一照，筐里的草莓红艳艳，红里又泛着绿，飘着香，她蹲在筐旁，等候着顾客。可是，等了好半天，一个草莓也没卖出去。只有几个人问问罢了。她一看，不行，还得转移。到下站碰碰运气。莹莹又坐了一站，又下了车，可一看，车站仍旧有卖草莓者；她自以为不是对手，就又去挤车。就这样，她挤上车，又挤下车，下车，上车；上车，下车，上下车二十多回，终于到了永定门车站。她满以为，这回可以痛痛快快卖草莓了。可是不然，这永定门车站卖草莓的更多。莹莹急了。想叫，又叫不出口；提着筐去卖，不是碰了人，就是险些撞上车。她简直不知如何是好了。心里直纳闷：好啊，这么大的北京，找个存身之地真不易；做个买卖，也真难；走到哪里，哪里都有卖草莓的。莹莹想着，一阵子没好气，竟把大筐一提，又奔向了106路电车站。晚霞快要落尽的时候，莹莹挎着那个大筐，回到了家里；一进门，就把筐往地上一搁，叫一声："累死我了！……"妈走了进来，问道："闺女，都卖了吗？"莹莹无可奈何地说了一句话："妈！北京到处都有卖草莓的……"妈一听，急了，说："啊！你这个笨丫头！……"

人和鸡的故事

【爷爷】

爷爷背回一位八路军伤员。望着伤员，爷爷心想，伤员流了这么多血，得杀只鸡补补啊。可家中，不，村中只剩下两只鸡（这鸡是日本鬼子烧房时，飞到核桃树上，才幸免于难的）。一公一母。公鸡会打鸣，站岗放哨用得着，舍不得杀；母鸡会下蛋，今后村里繁殖小鸡用得着，似也不该杀。爷爷正犯愁，一只老鹰忽然从天上飞过，巧了，那鹰叼着的一只色彩斑斓的山鸡，啪嗒一声，落到了爷爷跟前。爷爷大喜，叫道，有了！于是，那伤员就喝着爷爷熬的野鸡汤，痊愈了。

【姥爷】

姥爷为一名解放军的营长牵过马。那马一度虚弱无力。兽医说，给它灌20个鸡蛋清就补回来了。姥爷就不知从哪儿弄来20个鸡蛋。鸡蛋清灌到了马嘴里。剩下那鸡蛋黄，用杏油炒了，给那营长吃了。从此那马也壮了，人也壮了。人马又奔前方去打仗了。姥爷却落了个骂名：老爷们儿家，钻到月子屋里掏换鸡蛋去，不嫌臊。

【奶奶】

奶奶不到四十岁，突发绝症。临终前，奶奶很想吃一碗炖鸡块儿。可奶奶说什么也舍不得把鸡杀了，吃掉。只说把鸡留着，给孩子们下鸡蛋吃吧。

【姥姥】

大舅参军归来。姥姥高兴得不知给儿子吃啥。后来那只公鸡便落到姥姥的菜刀下，姥姥用刀锯了半天鸡脖子，然后把鸡撒开，让鸡诈尸。谁料，那鸡竟耷拉着半拉红冠子脑袋，连飞带跳跑到了房上，然后站在房脊上，用淌血的喉咙发出了一声长鸣——那真是最后的吼声啊，随之那鸡就倒下了！随后就落了一层白雪。真是一唱雄鸡天下白啊！而姥姥却为那公鸡祈祷，让你变成神鸡，上天打鸣去吧。

【父亲】

母亲天天早上给父亲冲一个鸡蛋喝，补身子。后来，父亲硬说这鸡蛋他不喝了，给儿子喝吧。儿子写小说，太费脑子。

【哥哥和姐姐】

哥哥问姐姐，先有鸡还是先有蛋？姐姐回答，先有人。因为鸡和蛋都是造福人类、养育人类的。

【大婶】

大婶家的一只母鸡丢了。大婶失魂落魄的，找了数十日，那鸡仍无下落。大婶气得欲上吊。一日，那母鸡率领着一群雏鸡，咕咕叽叽地回来了。大婶望着那群似毛茸茸金蛋的小鸡，惊喜得只一拍巴掌说，我的鸡哟，这回让我死我也不死了！

【儿子】

闹禽流感的时候，全村的鸡都被装入蛇皮袋，埋的埋了，烧的烧了。那鸡发出惨烈的哀嚎声，让五岁的儿子难过得半天才说出一句带问号的话，爸，要是人得了流感，也会统统杀掉吗？爸说，应该不会采取这种无奈的极端做法。

后来的后来，鸡鸣声又传遍世界了。

大姑爷拜年

乡村讲究，正月初二去丈母娘家拜年。拜年其实不是啥新鲜事，可如下这一串顺口溜，却有几分新鲜。今日写来，供读者喷饭。

麻庄麻大家的姑爷，其实就是麻家唯一的姑爷。然而，岳父岳母却叫他大姑爷；独一无二的小舅子可不是凡人，虽无满肚墨水，却善于编顺口溜。自从大姑爷第一次去丈人家拜年，他一年不落，年年编两句顺口溜：

> 大姑爷拜年，
>
> 拎包点心解顿馋。

第二年的正月初二，大姑爷又来拜年。这回，变成了一个匣子两瓶酒，外加一包奶糖，十斤挂面。那天，大姑爷没走，在丈人家住了一宿。走后，小舅子又编了两句顺口溜：

> 大姑爷拜年，
>
> 搭着休闲。

第三年正月初二，大姑爷开着辆拖拉机，"突突"地来拜年。到了大门口，从车上搬下了两盒点心一箱酒，还有一袋大米、一块肉。大姑爷说话底气足了不少，饭却不吃，说是急着去拉脚。把媳妇撂下，他就开着车，"突突"地颠了。小舅子又编了顺口溜：

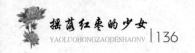

大姑爷拜年，

不误拉脚挣钱。

第四年，大姑爷又来拜年。这次拿的东西多，酒也没少喝。酒桌上，一个劲叨叨他做买卖的事。走后，小舅子又是一段顺口溜：

大姑爷拜年，

生意尽情谈。

第五年，大姑爷八成是发了，穿着大西服，挺着啤酒肚，抱着大彩电，与妻儿一起，前来拜年。这回，又说是顾不得吃饭，得马上赶回去，家里包了个大棚，种了一棚菜，头中午，还得拉上一车黄瓜，往北京送哪！果然，他抽了一支烟，就急匆匆开了"130"走了。临走，还撂下了两对金耳环，说是给丈母娘和小舅子媳妇的。走后，小舅子又编了两句顺口溜：

大姑爷拜年，

彩电加金耳环。

第六年，第七年，第八年……第十五年的正月初二，大姑爷与媳妇琢磨了半天，也不知该给丈人家带点什么礼物——后来，两口子进了画店。没承想，老公母俩对他们买的东西不大感兴趣，直说是，不新鲜。小舅子却出口成章：

大姑爷拜年，

字画加古玩。

那年的正月初二，大姑爷又带了妻子前来拜年。两口子从夏利车里钻出来，一人拿了一把花——不是嫌古董旧吗。嘿，这个新鲜！

大姑爷走后，小舅子又编了多余的顺口溜：

大姑爷拜年，

提个花篮。

奇石收藏

　　山晶大理石厂开工的头一天，发生了一件奇事——说奇事倒不如说发现了一块奇石。一声开山炮响过之后，水厂长在白花花的汉白玉工地上，发现了一块石头，猫腰捡起一看，水厂长的眼前唰地一亮，不禁"哎呀"一声，脱口叫道："毛主席！"水厂长背过身去，仔细端详手中的石头，那石头越发酷似毛主席的头像了。石头只成人心脏大小，却活灵活现，栩栩如生的，而且没有半点人工雕饰的痕迹，完全是一块天然的石头；那石质洁白如玉，无半点瑕疵；那造型极为匀称，比例十分恰当。

　　事后，水厂长把这奇石放到书柜的玻璃罩里，日夜看着。却不料，倒招来了不少麻烦。人们不知从哪里闻讯，水厂长拣了一尊天然的毛主席的汉白玉头像，于是都纷纷找到水厂长，想一睹为快，以满足好奇之心。自然，慕名而来的大多是有头有脸儿的人，或什么有文化的人啊，奇石收藏者呀家呀的雅兴之人。说也奇怪，看了那奇石，竟没有不叫奇者，竟没有不爱不释手者。开始，只是有人看看罢了；后来，竟有人出高价，要买下这石头，以归为己有。从出价几百元，到几千元，上万元，乃至到了三万元，五万元……最后，竟有个老外，要出十万元，买下这奇石……但，水厂长还是没有出手。

　　水厂长的副县长同学与他开玩笑说："这石头要开个拍卖会，怕是一百万也挡不住。"

　　水厂长说："要那样，一千万我也不卖！"

　　副县长问："那你就归己有了？"

　　水厂长说："我把它贡献出去。"

　　副县长问："贡献给哪儿？故宫博物院？"

　　水厂长连连摇头。

副县长又问："给毛主席纪念堂？"

水厂长沉思了许久，说："给哪儿，我都怕有人给拍卖喽！这年月，人们见钱眼开，不择手段哪！我倒不如把它收藏起来……"

副县长问："收藏在哪儿？"

水厂长说："收藏在老百姓的心里。"

副县长似乎明白了什么，说："你可真是个高级收藏家呀！"

从此，山晶大理石厂搞得红红火火。有人说那是水厂长领导的结果。也有人说那是那块奇石显灵保佑的结果。

后来还有人怀疑，那奇石是一位石匠所为。

杀棋

胡主任爱棋如命。每到上午10点左右，他便钻到其他办公室，然后随便冲一位科长副科长什么的，咬牙说道："来呀，杀一盘儿！"

于是，"战场"立刻摆开。胡主任下棋，透着一股英雄气概，霸气。"稳、准、狠。"瞪眼、咬牙、跺脚。一喝三叹，一声"杀"字出口，吓得对手倒退三步；一颗棋子落桌，"咣"，震得山摇地动。不知手下碎了多少块闪着绿光的玻璃板。

经过统计，全办公室已经买了19块玻璃板，18块玻璃板全部在他的"铁掌钢棋"下粉身碎骨了。每块玻璃板碎了之后，他的对手都十分开心，并手脚麻利地把碎玻璃清走，又将另一张办公桌上的玻璃板搬来，迅速摆开"战场"，继续拼杀。那位巴科长往往还要说上一句："旧的不去，新的不来嘛！"

就这样，19块玻璃板全部"壮烈牺牲"了。巴科长建议说，再用"三产"的钱买20块玻璃板，可又忽然惊讶地说："胡主任，您的手……"

胡主任在砸碎最后一块玻璃板时，将手划破了，鲜血直流。巴科长忙上前为他包扎。

这天，胡主任又和巴科长摆开了棋子。可不妙的是，缺了一颗棋子。翻遍了抽屉，依旧不见那"马"在何处。

巴科长急中生智，来了个好主意。他把腕上的手表往下一摘，摆到了"马"的位置上，并自豪地说："胡主任，这表就先当马使吧！"

"好！"胡主任眉飞色舞，忘乎所以。又"叮叮咣咣"下起棋来。

一件糟糕的事发生了。不出三分钟，那块权作"马"的表被胡主任当棋子，"啪"地摔了。

胡主任还没回过神，巴科长忙说："没关系不碍事。"脸却有几分红了，心也跳得厉害。胡主任依旧是一副"大将风度"，但他却扫了几眼巴科长。这时，巴科长像变戏法一样竟又掏出一块怀表，又摆到了那匹"马"的位置上。

"真有你的啊！"胡主任只说了这么一句话，然后又举棋说道，"将一军！"

翌日，胡主任告诉了巴科长一个好消息。说是他在班子调整中可能上升一级。

巴科长一阵高兴，说了一声："来呀，再杀一盘！"他摇晃着脑袋，似乎要将那脑袋也充当一枚棋子了……

长寿菜

今天是星期日。儿媳妇自城里来。午后到了婆婆家，婆婆正一个人吃饭。饭是玉米粥，菜是马齿苋。婆婆见了儿媳妇，高兴得豁牙嘴难以闭上，满是皱纹的脸如秋菊绽开。她一阵子手忙脚乱，不知该给儿媳妇做点什么好吃的。一劲儿对儿媳妇说："你先歇会儿，我买点菜去。"说买，却又不动身。儿媳妇心想，真是杀猪问客，说买你倒买去呀！儿媳妇哪知，婆婆已经拿不出几元买菜的钱。婆婆似乎有点无可奈何，只在院子里转磨。婆婆望着院子里那十几簇绿盈盈水灵灵的菜，老眼放出了光彩。

婆婆大手拿着一根马齿苋，说："你吃这个不？新鲜。""哟，野菜呀！我吃，吃，娘！"儿媳妇似乎撒上了娇，"娘，在城里大鱼大肉的，都吃腻了，真是馋野菜了。""好，娘给你炖野菜吃。"野菜炖好了。儿媳妇真是饿了，就着玉米粥，吃得津津有味，直说："香啊，真香啊！""香吗？下星期还来吃。"婆婆说："下星期日还来，啊……"

到了下星期日，儿媳妇没来；又一个星期日，儿媳妇又没来；婆婆再也沉不住气了，把院子里她养的所有的马齿苋，全部拔了下来，放在一个荆条编织的腰形篮子里，盖了一条毛巾，徒步奔了县城，给儿媳妇送野菜去了。

走到儿子家，恰是中午。婆婆一眼发现那饭桌上，摆满了鸡鸭鱼肉，不由得直咽唾沫。吃了大半夏的野菜，她是够熬苦了。儿子让她洗洗手快吃饭（儿子知道，娘跑了二十多里地，是够累的了）。奶奶洗手时，孙子对妈妈说："妈，妈，我奶奶给咱家送野菜来了。""哼，有鱼有肉，谁爱吃那破野菜！吃了一顿，就吃够了我了！人又不是猪羊，不是兔子……"这话恰好让婆婆听见了，婆婆不大好意思。婆婆说："儿媳妇说的是大实话。不过，吃点长寿菜也没坏处……""啥？"儿媳妇激灵一下，"长寿菜？"

"对喽，你不知道啊，这马齿苋菜，又叫麻绳菜，还叫长寿菜……"婆婆笑模悠悠地说。

"原来叫长寿菜？"儿媳妇说，"娘，怪不得您长寿啊，闹了半天，是吃长寿菜吃的呀？……"

玳瑁镜架

　　是在大海的那边的那边，那里很遥远。《请到天涯海角来》那支歌，我是听过不下千百遍的。但我是第一次到天涯海角去。那里果然比歌中唱的还美，美极了。阳光白云海浪沙滩……南天一柱……那天在海滩上游玩的时候，我要醉了。忽然就有一位姑娘叫了我一声：帅哥，好帅的哥呦。我一抬头，是一位绝对称得上美女的姑娘站在我面前，那美女赤着脚，腿真的不黑，浪花一般白；脸也非黑红色，而是"海上升明月"一样的皎洁；眼睛可是黑灿灿水汪汪的，宝石一样富有光泽和神韵。这么一个姑娘叫我帅哥，当时我可能是真的受宠若惊了。姑娘见我回头看她，便又叫了一声：帅哥，买我一个玳瑁镜架吧。看你的镜架，多不够档次，与你的帅气很不般配呦。江总的镜架是玳瑁的，知道吧？这玳瑁……

　　姑娘把玳瑁的好处说了一大堆，我都听迷了。她把一个镜架递给我，让我透过阳光看，说那可是上等的玳瑁镜架呦，这玳瑁也叫千年龟，还叫十三鳞，是南部大洋中最珍贵的动物……帅哥要戴上这样的镜架，会显得更帅气；这玳瑁镜架还有清热、解毒、定惊、主治热病、发狂、疮毒、痛肿、高血压、风湿等症的作用；这玳瑁可是祥瑞、幸福之物，代表着高贵、神圣，可避露水，风邪，你这么漂亮，什么东西都想追随你，包括妖魔鬼怪，那要是戴上这玳瑁眼镜，可就能辟邪，化险为夷呦，帅哥，就买一个玳瑁镜架吧。帅哥，制作这个镜架的玳瑁都活了千岁了，它身上的鳞片才做了这么一个镜架，你若戴上它，那就是千年的缘分，还能保你青春不老，长命百岁呦……

　　姑娘把这玳瑁镜架说得天花乱坠。我听得也五迷三道的了，可她还在说，她的声音伴着浪花的声音，也是很好听的。

　　帅哥，你看这玳瑁镜架里的血丝，好多呦，成色多好；帅哥，这么一个镜架价值万元，可就因为你帅，因为咱俩有缘，这镜架我给你打个五折，五千，然后再减去一千二，通过你的大眼睛，我看出来了，你想要这个镜架，你也最配这个镜架，这个镜架就是给你做的，别人也不配呦。帅哥，这镜架就三千八给你，够意思了吧？老板，帅哥，买了吧，不买你会后悔一辈子的……这可是玳瑁啊，帅哥……

帅哥我是不知道说什么好了。但还是难以脱俗，不禁叹息：贵点。我没带这么多钱。如果两千八，兴许还够。

帅哥，那就两千八给你了，算咱俩交个朋友。记得下次来找我，我请你吃海鲜呦；我若到北京去，你请我吃烤鸭，怎么样？帅哥，我这镜架就雪中送炭，谁让你喜欢的，赔本我也给你了。你说小妹够不够意思？这可是在天涯海角呦。人一生能来几回天涯海角呀？缘分，帅哥，绝对咱俩是前世有缘了；这玳瑁镜架，更是和你有缘呦，以后它会终生陪伴着你，陪伴着你美丽的大眼睛，陪伴着你读书写字，写诗作文，多好……

说到这个份上，我简直叫什么，没脉了，找不着北了，不知迈哪条腿了。我若还和这姑娘磨叽下去，那就有点不识抬举，也有点不够男子气了。一只手拿着镜架，另一只手可就在身上掏着摸着，那是在往出翻找人民币。还好，也是太巧了，我恰恰凑够了两千八百元，是一分也不少了。身上的人民币也算是给足了我面子。这玳瑁镜架，我买了。

成交后，姑娘的脸红扑扑的。我离开她时，她还和我招手，说了一声"拜拜"，还唱了一句"请到天涯海角来"，还很多情又顽皮地送给了我一个飞吻。我回望着那位蓝天碧海间的姑娘，也就不知道说什么好了。最大的感觉是：我值得了。这次来天涯海角太值得了。我不禁感叹了一句古诗：天涯何处无芳草。

从此，那姑娘就像一株芳草，长在我心里了；那时时摇曳的芳草，常常让我有一种陶醉感，觉得一切都是那么美妙。刚离开大海那边的那边，我就又想大海那边了。想天涯海角。想那个姑娘。那个黄头发白脸蛋的姑娘真的让我有点浮想联翩。那晚我把镜架对到床头的灯光下，照了又照，看着里面的道道血丝，那可是千年龟玳瑁的血丝啊，就跑到我的眼前来了；从此这玳瑁的血丝，也会陪伴我因为失眠而导致的眼上的血丝，说不定，戴上这玳瑁眼镜，这失眠也会好的。可那夜我却又失眠了。我反复开着台灯，看着那玳瑁镜架。我自言自语：这东西太美了，太珍贵了，这玳瑁镜架可买着了。一万的东西，两千八给了我。我也聪明了一回，说身上只有两千八，其实也只搜出了两千八；也算那姑娘大方，两千八也把这镜架给我了。姑娘的心眼真不赖。

回到家后，是离天涯海角几千里之外的北京的家。我就去找眼镜店，去给我的玳瑁镜架配镜片。我想配个水晶的镜片。树脂的当然也行，反正得好点，好马配好鞍嘛。可是，到眼镜店一说这"玳瑁"俩字，那戴着眼镜的姑娘眼都直了，说没听说过什么叫玳瑁，让我到别处配去吧。又找了一家眼镜店，人家还是说此处没配过玳瑁眼镜，还是让我到别处去看看吧。

又去了一家眼镜店。那可是北京、全国都有名的大眼镜店。那位女士倒是接过镜架看了看，但却说：你这么名贵的镜架，还是到别处配镜片吧。万一给你弄坏了，我们赔不起。于是我又另寻高明。这次人家嘟嘟曦曦说了半天，说这玳瑁也不让卖啊，你从哪买的。我说我从大海的那边买的。配镜师傅接过镜架，照了又照，像是要从鸡蛋壳外照出小鸡来，或是要从一块原石中发现什么无与伦比的白玉玛瑙。但他却很失望似的，笑着说：先生，恕我直言，你这哪里是什么玳瑁镜架，这分明是一个普通的塑料镜架。

我立刻傻眼了。我说不可能。这是一个好心的姑娘卖给我的。那姑娘叫我帅哥。她怎么会卖给我假镜架呢！

配镜师傅似乎不想和我较真较劲叫板，只说是：那就是我看走眼了。反正我不认为这是玳瑁镜架，就认为它是个塑料镜架。不信你可以找个地方鉴定一下。

那一刻，我捏着那镜架，也不知如何是好了。不知何处传来了"请到天涯海角来"的歌声，我仿佛又看到那位站在海滩上的白白净净的大眼睛姑娘叫我帅哥，让我买她一个镜架吧。想到此，我又有点醉了。这手中的镜架是不是玳瑁的，似乎并不重要了。在天涯海角遇上一位真心卖给我镜架的姑娘，这一生也许就这一回。不管东西如何，也值得了。

元气袋

白欢婶本来就是个喜兴人。近一个时期以来，她更是喜上眉梢。她为啥这么喜欢呢？都因了她有了一条元气袋。

白欢婶几乎逢人便撩开大襟显摆（当然她可羞于和男同志显摆），她只是爱和女同胞们说："瞧瞧，我这腰里是个啥？这叫元气袋！这东西呀，可宝贝了，治百病！听说，领导人都戴这玩意儿。其实啊，我也买不起这么好的东西，这是我那孝敬的儿媳妇送给我的……"

"你戴上它可管事？"有人问。

"唉！管事管大了！你瞧我这身子骨儿……"白欢婶不是说假话，她是真觉得这元气袋在她身上起到了神奇的作用。比如说，她以前老念叨着心口疼，现在不念叨了；她从前老感到身上没劲儿，现在身上的劲儿也大了，说话嗓儿都高了，走路也带上了一股小风儿似的。用她的话说就是：戴上元气袋，又治病来又消灾；戴上元气袋，浑身上下好自在。

元气袋给白欢婶带来了福音。白欢婶还是爱逢人就说道几句："吃这药，吃那药，吃仙丹也不如戴这元气袋；真金哪真银呀，啥也不如儿媳妇的孝心是最真的！……"

这一天，白欢婶的孙女从城里来乡下看奶奶来了。白欢婶见到孙女，首先和孙女说道："你瞧瞧，你妈给我买的元气袋，我一直不离身儿地戴着，戴上它以后啊，我这身上舒服多了……"

孙女忽闪着大眼，望了奶奶许久。孙女终于对奶奶说了实情："奶奶，这条元气袋是我妈戴过的，她戴了半年了才给您，早过期失效了……""啊，失效了？！"白欢婶很惊讶，"你可别骗你奶奶！""真的，奶奶。"孙女说，"奶奶，我爸爸又让我给你捎来一条新的元气袋……"

白欢婶的脸立时沉了下来。白欢婶半天才说："毛丫头！多嘴！多事！你就说那元气袋没失效不得了？你爸爸也是瞎花钱，我不老不小的，戴的啥元气袋呀！……"

孙女一时不知说啥好，只好央求奶奶："快把新的元气袋戴上吧！"

白欢婶戴上了新的元气袋。但她再没和任何人显摆。奇怪的是，她戴着这新元气袋，竟没有戴着那旧元气袋管事；新元气袋倒仿佛伤了她的元气。当然，她可没怪这元气袋不起作用，她只怪她的孙女不该泄露天机……

红叶不是来找棺材

一个不好的消息从九里坡传来：姥爷出事儿了。妈妈脸色苍白，抛出一串泪来；爸爸本也着急，却又直埋怨："这个老爷子，真叫孽；越不让他去，越要去。七十岁的人了，跌个跟头就不是玩的。唉，怕是没救了！"爸爸看看妈妈，"别的都是小事儿，先给他赶口棺材吧……"

"谁会做棺材？"妈妈为难地说，"再说了，人病倒了，咱们得先去看看吧……"

"棺……"爸爸依旧咕哝着这两个字，"棺材……"

说来，姥爷是做了大半辈子木匠活的人。棺材自然也没少做。他20岁给人盖房时，偏偏赶上日本鬼子进村烧房。眼望那火光，他的眼都冒火了，抄起大锛子，准备与日本人拼个死活……五年之后，他因炸日本鬼子的岗楼，落下了一条残腿，并得了一面"民兵爆破英雄"的锦旗。

天下太平了。他又做开了木匠活。这期间，他认识了我姥姥。我的亲姥爷得急病而死，撂下俩儿一女，我妈妈最小，才11岁；姥姥无力拉扯这群孩子，就又找了这个木匠姥爷。从此，姥爷这条30岁未结过婚的光棍，像一根

柱，像一架柁，支撑起了一个即将破散的家。

姥爷当木匠，平时很少在家。他成天挎个行李箱子，四处奔波，给这家盖房，给那家造屋；有时也做棺材。大山里没火化那一说，人死了，都得有口棺材。姥爷给人做棺材，做到68岁；到这个岁数，也算土埋脖子的人了，该预备棺材了。爸爸好意托妈妈对我姥爷说，趁身子骨儿硬朗，给自个儿做个棺材吧。姥爷没驳回儿，又拉大锯，又拼锛子，又推刨子……几夜之间，做成了一口棺材。可时不多久，我的大爷忽然死了，二伯急得直抓瞎，没棺材。于是，姥爷把他的棺材，让大爷占了去。之后，二伯要还我姥爷料子板，姥爷直瞪眼，不要。并说我大爷是烈属，应该占的。爸爸不忍心，又备了料子板，让我姥爷再打一口棺材，于是姥爷又打了一口棺材。可不出一年，我的爷爷也死了，与我大爷一样，又没棺材。爸爸找到我姥爷，让他给赶一口，姥爷道："赶啥？先占我那口吧。"爸爸吭吭哧哧不好意思，姥爷生气了说："你爸爸把大儿子都舍出去，打了天下；我舍不得一口棺材吗？"爸爸不好再说啥，只小声嘟囔："占了这口，我再买板子，给你打……"

板子买下了，但姥爷一直拖着，不做；后来，九里坡有人捎信来，让姥爷给一位烈属做棺材。爸爸妈妈一直拦挡，说姥爷70岁的人了，不让他出去做木匠活了，但姥爷不依，只说："我去……"

姥爷又扛上了锛子，挎了锯，背着行李箱子，拐拉着一条腿，奔了15里外的九里坡……谁料，姥爷在给人做棺材时，一块料子板没抄起来，便一跟头倒下了，当时吐了三口血……

当我和爸爸妈妈赶到卫生院，去看望姥爷时，他已气息奄奄了，但那双昏黄的眼睛还用力眨巴着，望着每一个人……

爸爸咽了几口唾沫，说了一句也许不该说但似乎又必须说的话："他姥爷，别着急，好好养着；那棺材我回去找人给你做……"

"别……别做棺材……"姥爷拉着爸爸的手，很激动地说，"姑爷，我没亲儿子，你就是我的亲儿子。你的孝心我领了，可你也得听我一句话……"

"啥话？"妈妈含泪说，"你说吧，爹……"

"说，说……"姥爷吃力地、却又很深沉地说，"我，不行了，这也没啥，人都得死。可我要说的是，我死了，不要棺材，也别往坟里埋我；埋，又往哪儿埋呀？把国镜他亲姥爷和姥姥埋到一块儿，让他们团圆去吧；我就别去添乱了。我死了，闺女姑爷们费事，把我拉到殡仪馆去，火化了，就得了……要是可以的话，抓几把骨灰，撒到老家的地里去，当肥使；我一辈子东跑西颠，死后也不愿到棺材里去了……"

姥爷说到这里，气忽然断了。

"爹，爹呀……"爸爸和妈妈同时在喊。

"姥爷……"我也泣不成声了。

一阵秋风把病房的门吹开了，门外吹进一片红艳艳血点一般的黄栌叶……

门帘

老钱头临街开了一家小饭馆儿，人们都说他发了。可从表面看，他也没发什么呀，嘴上照旧叼着一角七一盒的"菊花"烟，腰里照旧别着大洞小眼的破蒲扇……那小饭铺儿照旧开门见天，连个门帘也没有，像个缺了门牙的老汉嘴……这"嘴"一张开，就能看见一个穿红裙子的姑娘，飘来荡去，只那两条雪白的大腿就让有些人神魂颠倒了。这便是钱老板的闺女"钱小姐"。

钱小姐对自家开的饭店是有感情的。但也有看法。于是，免不了提点"建议"。比如，这门帘的问题。钱小姐曾经对爸爸说："爸爸，应该买个门帘挂上。"

钱老板一看，可也是啊。时到六月，怎么还没挂门帘哪。

过了五天，钱老板的小饭店里挂上了门帘。那是几条长长的旧塑料布条子，是钱老板自制的门帘。钱小姐看了，气得扭鼻子扯脸。叹息道：真丢人现眼。可看惯了，也觉得蛮不错。看那门帘，飘飘洒洒，舞来荡去，还有几分诗意哪。但那苍蝇仍免不了劈头盖脸往里钻。于是，钱小姐又提醒爸爸：

"赶明儿还得买个新门帘……"

钱老板没有理会，他又在想：添什么饭菜最赚钱。至于苍蝇和门帘，那都是小事。并不影响他的生意。说来也是，有几个人会因为苍蝇多而不光临哪。再说了，那些小伙子们喝起酒来，命都不顾了，还在乎几只苍蝇。有苍蝇他们也顾不上看哪。只时不时在那钱小姐的花裙子上寻觅，像苍蝇想钻进鸡蛋里去看看一样。

但是，也有认苍蝇不认姑娘的。那天一个小伙子从菜里吃出一个苍蝇来，当时就让钱老板给换；钱老板嘿嘿笑着不给换，小伙子没好气，把菜扔下，走了……

钱小姐的脸红了一阵，然后对爸爸说："爸爸，说什么也得买个门帘了，苍蝇都从门外飞进来了。"

又过了三天，钱老板出马买门帘。可是，转了好半天，他只叹息那门帘太贵。买不得。好在，他碰上了三角一斤的韭菜，一下子买了三十斤，才算没有白跑。

买门帘的事又搁了不知多少天。钱小姐忽然又问："爸爸，啥时候买门帘呀？"

钱老板听到此，一边点着钞票，一边嘿嘿笑着说："买啥？明儿就要立秋了。'立了秋，把扇丢。'天凉了，蝇子也就没了。这门帘，我看等明年再说吧，啊？要压缩开支嘛。"

钱小姐只觉一阵失望，说："您也太小气了。我不给您干了。"

说完，那红裙子一闪不见了。只有那几条塑料布组成的门帘在忽悠悠飘荡……